にわか令嬢は
王太子殿下の雇われ婚約者 6

にわか令嬢は王太子殿下の雇われ婚約者6

香　月　航

W A T A R U　K A D U K I

一迅社文庫アイリス

CONTENTS

にわか令嬢は王太子殿下の雇われ婚約者

Character

レナルド

公爵家の長子。王太子の補佐官を務めている美青年。

グレアム

リネットの実兄。美少女顔であるためか、女装が非常に似合う。

マテウス

王弟の息子で、アイザックの従弟。王太子の補佐官として加わった青年。

カティア

王妃の女官。傍付きのいないリネットを支えてくれる頼れる女性。

Words

ロッドフォード王国

魔素が極めて少ない山岳地帯の国。魔術師になれない者たちによって建国されたため、剣術を修めている者が多い。

アイザック

ロッドフォード王国の王太子。

剣術に優れ、『騎士王の再来』と高く評価されている。

魔術の才能にも恵まれており、そのせいで無意識に女性を近づけないようにしていた過去がある。現在は、魔力の制御も習得している。

リネット

辺境の貧乏伯爵家の娘。

王城の掃除女中をしていたのに、いつのまにか王太子の婚約者役をすることになり、ついには王太子妃になってしまった少女。

家事や掃除や狩りは得意だが、淑女らしい仕草は大の苦手。目がとても良い。

イラストレーション◆ねぎしきょうこ

にわか令嬢は王太子殿下の雇われ婚約者6

Niwaka Rady is employed as the Prince's fiance. 6th.

1章　新米王太子妃と新しい仲間

剣《つるぎ》の王国ロッドフォードに、長く険《けわ》しい冬が訪れた。

元より一年中気温の低い土地柄だが、この季節の寒さは特にひどく、空気は肌を刺すように冷たい。

寒さには強いと自負するリネットも、さすがに布団《ふとん》から出ることを躊躇《ためら》う日々だったが、何故《なぜ》か今朝《けさ》は、いつもとは真逆の気分で朝を迎えていた。

(あったかい……?)

なんと、ぽかぽかとした心地よい温《ぬく》もりが、体中に広がっているのだ。

冷やしすぎて感覚がなくなることもある手足も、今日《きょう》は少し熱いぐらいである。

(冬の朝を、こんなに気持ち良く迎えられるなんて)

今日はなんて良《い》い日なのだろう。寝る前に特別な支度《したく》をした記憶もないので、暖かい日なのかもしれない。

そう考えながら、ゆっくりと目を開く。暖かいのなら今日中に布団を沢山《たくさん》干したい、なんて予定を立てようとして――しかしそれは、即座に消し飛んだ。

「……ッ⁉」

上げかけた悲鳴を、必死に押さえ込む。

リネットのすぐ目の前……それこそ、吐息《といき》が触れるような超至近距離に、とんでもなく美人の寝顔があったのだ。

筋の通った鼻に、抜群の位置で引き結ばれた唇。閉じたまぶたには長いまつ毛が影を落とし、さらにその上を鮮やかな赤い髪が流れ落ちている。

(ア、アイザック様っ‼)

声に出しかけた名前を、心の中で叫ぶ。

この眠り姫……もとい眠り王子は、リネットがたいへんよく知る人物だ。閉じたまぶたの下には、紫水晶のような美しい瞳が隠れていることもばっちり知っている。

〝剣の王太子〟として他国にも名を馳《は》せ、ロッドフォードの全国民が憧《あこが》れる〝再来の騎士王〟そして何より、リネットの最愛の旦那様なのだから。

(そうだ。ここは、私たち二人の寝室だ)

彼の美貌《びぼう》のおかげですっかりと冴《さ》えた頭が、リネットの居場所を思い出させる。

ここは、王城の最奥《さいおう》に新しく用意された新婚夫婦のための部屋であり、自分は彼と結婚して、婚約者から妻になったのだと。

（私はアイザック様の奥さんで、ここは一緒のベッド……ふふ）

全てに気付けば、温かいに決まっていた。

冬用の分厚い布団と毛布に加えて、アイザックのたくましい腕がしっかりと抱き締めてくれているのだ。

寒いわけがない。いやむしろ、温かすぎて溶けてしまいそうなぐらいだ。

「幸せ……」

ほう、と小さく息を吐《は》いて、彼のほうに体をすり寄せる。

結婚してからもう幾日《いくにち》も経《た》つのに、夢のような生活にちっとも慣れることができず、何度目覚めても驚き、ときめいてしまう。

誰よりも傍《そば》に、世界で一番好きな人がいてくれる。これほどの幸せが他にあるだろうか。

（私、こんなに幸せでいいのかしら……）

もしかしたらこれは本当に夢で、もう一度目を閉じれば、次に見えるのはお掃除《そうじ》女中用の質素な部屋の天井かもしれない。

いや、そもそも登城したことすらも夢で、本当のリネットは実家の隙間風《すきまかぜ》が厳しいボロ屋敷で、寒さのあまりに幻覚を見ているのかもしれない。

（そのほうが可能性が高いのが、悲しいところだけど）

たとえ全てが夢でも、これほど幸福な夢ならば、二度と目が覚めなくても惜《お》しくはない。

アイザックの温もりに全てを委《ゆだ》ねて眠れるのなら、後悔などするはずもないのだから。

「全部が素敵な夢なら、どうか覚めないで……」

「寝かせておいてやりたいのは山々だが、いずれは目覚めてもらわないと困るな」

「えっ⁉」

そんな夢見心地のリネットの呟《つぶや》きに、低い声の返答があった。吐息が多く混じっているのは、きっと笑いを堪《こら》えているのだろう。

「おはよう、俺の愛《いと》しい奥様？」

やがて、ゆるりと開いた紫色の宝石に、リネットの真っ赤な顔が映り込む。それはもう、今にも湯気が出そうなほどに赤く染まった間抜けな顔が。

「お、起きていらしたのですか」

「リネットが起きる少し前からな。急に起きたと思ったら、驚いたり笑ったり忙《せわ》しないものだから、可愛《かわい》くて声をかける時機を逃していた」

「そこはすぐに声をかけて下さいよ、もう！」

浮かれる様子を本人に気付かれていたなんて、恥ずかしさで心臓が破裂してしまいそうだ。

慌《あわ》てて距離を取ろうとするが、アイザックの腕がそれを許してくれるはずもない。

「逃げないでくれリネット。これは夢じゃないし、夢になんてさせてやらない」

低い囁《ささや》きが、背筋を震わせる。たまらずリネットが身をよじれば、幼子《おさなご》をあやすような優しい口付けが、リネットの額《ひたい》に落とされた。

「結婚したんだ。俺はリネットの夫で、リネットは俺の妻だ。この幸せは現実だぞ？」

「…………は、い」

リネットがなんとか頷《うなず》いて返せば、アイザックは嬉《うれ》しそうに微笑《ほほえ》んでくれる。

そのままリネットの頬《ほお》を一撫《ひとな》ですると、静かにベッドから起き上がった。

「まだずいぶん早い時間だ。現実だと実感できるまで、リネットはゆっくりしているといい。今日は『新人』と顔合わせもあるし、また後でな」

おやすみ、と囁きを落とした彼は、ベッドの脇《わき》に置いてあったガウンを寝間着《ねまき》の上に羽織ると、寝室を去っていった。

鍵のない扉で繋《つな》がっているのは執務室ではなく私室だが、用もなく追いかけても仕方ない。それに人の気配がするので、きっと彼の部下がもう来ているのだろう。

となれば、残されたリネットは大人《おとな》しく二度寝という贅沢《ぜいたく》を堪能《たんのう》すべきだろうが、眠気なんてものは完全に吹き飛んでしまった。

「はあああ……っ」

耐えきれずにこぼれた声とともに、リネットの体はごろんごろんとベッドの上を転がり回る。

それでも転げ落ちないベッドの広さは素晴らしいが、温かな布団と毛布はすっかりめくれて、朝の冷たい空気が身に染みる。

だがリネットは、布団を直すことなく、続けて枕に顔を埋《うず》めた。火照《ほて》った肌には、この寒さがむしろちょうど良かったからだ。

「アイザック様、格好いい……！」

きっと今の声は、誰が聞いても『うっとり』と表現しただろう。リネットも自覚した上で、ふかふかの枕に真っ赤な顔をこすりつける。

――アイザックの魅力が、天井知らずで困る。

もともと彼は、誰もが認める素晴らしい王太子だ。整った容姿ももちろんだが、公務も真面《まじ》目《め》にこなすし、部下たちからの信頼も厚く、理想的な上司である。

だが、リネットの前では少し抜けた部分や暴走した一面も見せてくれており、そんなところもまた愛しく思っていたのだ。

そんな彼が、結婚してからは今まで以上に良い男になってしまった。

態度や行動には常に余裕があり、それでいて思いやりを忘れたわけでもなく、真摯《しんし》な対応を心がけてくれる。

艶《あで》やかな美貌はより色気を増して、今では目が合っただけで眩暈《めまい》がしそうなほど。

もうときめきすぎて、顔を埋めた枕はリネットの頬の熱さで焦《こ》げてしまいそうだ。

その変化が、リネットと結婚したことで起こったと思われるのも、嬉しくてくすぐったい。

「本当に、毎日が夢みたい……」

思えばここまでの道のりも、夢のような出来事の連続だった。

まず、行儀見習《ぎょうぎ》いからお掃除女中にまで左遷《させん》された貧乏娘が、王太子殿下と出会うきっかけを得られただけでも奇跡だ。

そこから『婚約者役』として雇われることも普通ならありえないし、本当に婚約できたのも信じられない話だ。

こうして今、妻として隣《となり》にある現実は、どれほどの奇跡が重なった結果なのだろう。

自分のことなのに、なんだかおかしくなってしまう。奇跡は今もずっと続いていて、今日もお掃除女中ではなく、アイザックの妻としての一日が始まるのだ。

「それにしても、こんなに素敵なお部屋で普通にすごせるなんて、私も変わったわよね。前の私なら、恐ろしくて部屋の隅《すみ》でうずくまっていたもの」

今はそんなことをしたら余計に迷惑だとわかっているのでしないが、以前のリネットなら部屋の豪華さに恐れ慄《おのの》き、床に座っていたに違いない。

何せ王太子夫婦の寝室だ。この部屋の豪華さは、城内でも群を抜いている。

身を預ける特大ベッドには絹の天蓋《てんがい》がふんだんに取り付けられ、矢ぐらいなら防げそうなほどしっかりと覆《おお》われている。

天井には穏やかな色合いの天使と空の絵が隅々まで描かれ、落ち着いた白茶色の壁にはさりげなく金装飾が施されている。さらには、各部屋に暖炉《だんろ》つきである。白い彫刻で飾られたそれはもちろん使用でき、この時期にたいへん重宝している。

他の家具も全て、こだわり抜かれた逸品《いっぴん》ばかりだ。これでもアイザックに抑えてくれと頼み込んだ上での結果なので、彼の計画通りに作らせていたら息をするのも躊躇うような寝室ができていたかもしれない。

(弁償はもちろん今も怖いけど、この立場でそんなこと言えないものね)

先ほど跳ねのけてしまった布団も毛布も最高級品で、かけ直せば冷たい空気をしっかりと防いでくれる。これだけでも、一般家庭の年収を上回るような値段の代物《しろもの》だ。

当然恐ろしいが、それをアイザックの妻……〝王太子妃〟のリネットが口にしてしまったら、アイザックや王家の品格まで下げることになってしまう。それは絶対にできない。

だが、贅沢に慣れたご令嬢のように、お金を湯水の如《ごと》く使うこともできない。結果、結婚後にリネットが出した答えは一つだ。

「高い物を拒めないのなら、汚さないように丁寧《ていねい》に使えばいいのよね！」

物の寿命には材質も関係あるが、やはり一番は使い方だ。高級品なら、その値段相応に大事に使っていけばいいのだ。

ということで、リネットは今までアイザックから贈られた品の管理や使い方を徹底している。

おかげで今のところ、傷がついた物は一つもない。

まあ、騒動に巻き込まれたりしてダメになった衣類は若干《じゃっかん》あるが、他はまだまだ新品同然だ。

物持ちの良さにアイザックたちは驚いていたが、たまには節約家の王太子妃がいたっていいはずだ。物自体はちゃんと一級品なのだし、浪費家《ろうひか》よりは印象も良いだろう。

「……王太子妃、か」

ふいに、その言葉の重さを感じて、リネットはころんと寝返りをうつ。

リネットがなりたかったものは『好きな人の奥さん』であって、決して華々しい出世は望んでいなかった。むしろ、正直に言えば今でも逃げてしまいたいぐらいだ。

自分では力不足であり、相応《ふさわ》しくない自覚もある。

（それでも、アイザック様が選んでくれたのは私だもの。隣に立つと決めた）

臆病《おくびょう》な気持ちを奮《ふる》い立たせるように、パチンと両頬を叩《たた》く。

どれだけ相応しくなかろうが、リネットは妻になった。なら、その務めを果たす義務がある。

それがリネットにとって非常に難しいことでも、やるしかないのだ。

（あの方は、私の起床時間をよくご存じだもの。きっと、もうそろそろだわ）

きゅっと布団を握れば、ふんわりとした感触が少しだけ気持ちを和《やわ》らげてくれる。

しかし次の瞬間、リネットの予想通り、アイザックの私室とは反対側の扉からノックの音が響いた。

「ッ！　ど、どうぞ」

「失礼いたします、リネット様」

リネットの上ずった返事に答えたのは、落ち着いた女性の声だ。続けて、ゆっくりと開いた扉からは、白と黒を基調としたお仕着せ風のドレスの裾《すそ》がひらりと躍《おど》り出る。

「おはようございます、リネット様。朝のお茶をお持ちいたしました」

笑みが優しい白茶色の髪の彼女は、所作《しょさ》が隅々まで洗練されている。茶器の載ったワゴンを押す手つきすらも優雅だ。

「毎朝ありがとうございます、カティアさん」

リネットが上半身を起こして礼を言えば、緑色の色っぽい垂れ目がふわりと細められた。

彼女はリネットが雇われだった時からお世話になっている人物であり、淑女《しゅくじょ》として尊敬する一人だ。

かつては婚約者役の情報漏洩《ろうえい》を防ぐための協力者だったが、こうして妻となった今でも、リネットに甲斐甲斐《かいがい》しく世話を焼いてくれる。

しかも、一般的な貴婦人よりもはるかに早い時間から働かされているにも関わらず、不満など一欠片《ひとかけら》も見せない完璧《かんぺき》ぶりだ。

「いつも朝早くから本当にすみません」

「どうぞお気になさらず。王妃様にもお許しをいただいておりますし」

頭を下げようとしたリネットを制して、カティアは慣れた手つきでお茶を用意していく。

カップからは心地よい香りが広がって、思わず感嘆の息がこぼれた。

「いい匂いですね……」

「こちらは先日、マクファーレンの王女殿下からいただいた茶葉ですよ。さあ、冷めない内にどうぞ」

「い、いただきます」

差し出されたのは花模様が美しいカップで、中身は極上の紅茶。しかも、リネットはベッドに入ったままだ。

贅沢すぎて震えてしまいそうだが、こうしてベッドの中でお茶をいただくのは上流階級では当たり前らしく、リネットが王太子妃になってから加えられた日課の一つだ。

夜明けとともに目覚め、家事に勤《いそ》しむ生活をしてきたリネットには信じられない話だが、それが普通で『義務』だと言われたら反抗のしようがない。

もっとも、リネットほど早い時間に起床する貴婦人はいないだろうが、これはアイザックに合わせた時間でもあるので大目に見てもらいたい。

(ああでも、冬場は確かにありがたい日課だわ。お腹《なか》がぽかぽか……)

リネットの起きたばかりの胃に、紅茶の熱が広がっていく。冬の朝をこんなに温かくすごせるなんて、実家の貧乏伯爵領の領民たちに申し訳ないぐらいだ。

(本当に贅沢……だけど、意味があるのだから恐縮しちゃいけないわ)

実はこれが日課と言われた時、リネットは贅沢さに耐えられず、一度カティアに止《や》めてもらうように頼んでいる。

だが、カティアからの返答は否。というのも、このお茶の時間はリネットのためだけではなく、もう一つ理由があって設けられたものだったのだ。

(……そろそろ、かしら)

リネットが視線を動かしたのと、カティアの眉間《みけん》がぴくりと動いたのは、ほぼ同時だった。

続けて、隣室から聞こえてくるのは複数の別の声である。

寝室から繋がるもう一つの部屋は、引っ越したばかりのリネットの私室だ。結婚に際して移っており、当然以前よりも警備が厳重になっている。

つまり、声の持ち主は侵入者ではない。身元がハッキリした……それも、カティアが連れてきた者たちなのだが――。

「減点ですね」

ぼそり、と、カティアにしてはずいぶん低い声での呟きに、聞いてしまったリネットの肩が震えあがる。いつでも柔和な笑みを絶やさない印象の彼女だが、ちゃんと怒る時には怒る女性だったらしい。

そんな彼女を知らない訪問者たちは、ざわざわと騒がしいまま寝室の扉をノックしてきた。

「リネット様、お支度を整えに参りました。入室してもよろしいでしょうか?」

「えっと……」

カティアを窺《うかが》えば、彼女は渋々《しぶしぶ》といった様子で頷く。続けてリネットが了承を返すと、ひどく軽い口調の『失礼します』と、見覚えのある黒いワンピースが姿を現した。

覚えがあるのは、全く同じものがリネットのタンスにも入っているからだ。

(行儀見習いの服も、もう懐《なつ》かしいわね)

ぞろぞろと入室してきたのは皆年若い少女たちで、揃《そろ》いのワンピースを着用している。腰から下に白いエプロンをつけた装いは、王城で支給される行儀見習いの仕事着だ。

仕事着という名目なのに汚れが目立つ黒色なのは、彼女たちの職務が汚れとは縁のない内容だからだろう。この服で掃除に勤しむような者は、後にも先にもリネットぐらいだ。

「…………」

カティアはもう一度眉間をひくつかせた後に、リネットから離れていく。そのまま部屋の隅に立つと、どこかで見たことのある用箋《ようせん》ばさみを構えた。

そして入れ替わるように、行儀見習いの少女たちがリネットへ近付く。ワゴンを押す姿がどうしても見劣《みおと》りしてしまうのは、先に完璧なカティアの所作を見たからだろう。

「リネット様、今日のドレスはこちらです」

「えっ!?　ちょっと、わたくしが聞いていたものと違うわ!?」

(えええ……)

集団の一人がドレスを広げて見せた……と思いきや、直後に隣にいた少女から抗議の声が上がる。話をまとめずに支度に来るとは、さすがのリネットも驚きだ。

しかも、用意されたドレスも季節感を無視したけばけばしいもので、リネットに似合うとも思えない。というより、リネットの衣装櫃《びつ》で見たことがない物なのだが、一体どこから持ち出したのだろう。

「そんな派手なだけのドレスが、リネット様に似合うわけがないでしょう！　リネット様、ドレスは別のものを用意させますから、このネックレスをお試しいただけますか？　こちらは我が領が優先取引をしております、最高級の真珠を使用したものです」

「真珠!?　それって私の物ではないですよね？　私用の装飾品は、ちゃんとカティアさんから保管場所を指定されているはずですが……」

「はい、こちらはわたくしが家から持ってきたものです。保管庫は伺《うかが》っておりますが、わたくしが良いと思えるものがありませんでしたので。それなら、このネックレスのほうがずっと素敵ですわ！」

「まあ、貴女《あなた》ばかりずるいわ！　それなら、我が家にも最高級の細工がありましてよ！」

つまり、上司の指示を無視したばかりか、勝手に自分の所有物をリネットにつけようとしたわけだ。もしかしたら、先ほどのドレスも同じような物かもしれない。

（こ、これはまずいでしょう……）

彼女たちのあまりの非常識さに、リネットは眩暈を覚える。貴族社会に全く関わってこなかったリネットですら、これはおかしいとわかる。

行儀〝見習い〟なので多少の未熟さは仕方ないとはいえ、一体どういう育ち方をしたらこういう発想ができるのか謎《なぞ》だ。

普通に考えれば、自分の私物を勝手に主人につけて良いはずがない。もしや、リネットへの贈答品に検閲《けんえつ》があることを知らないのだろうか。

何より怖いのは、この少女たちが誇らしげな顔をしていることだ。自分の行動をリネットが喜ぶと本気で思っている。

(カティアさん、これは無理です……)

とても信じられない状況に、部屋の隅のカティアへ目配せを送る。

彼女もまた美しい顔から表情を失い、ひどく鋭《するど》い目で少女たちを見つめていた。

「貴女たち、もう結構です。速《すみ》やかに控《ひか》えの部屋へ戻《もど》りなさい」

「ひっ⁉」

続けて、いつものカティアからは想像もできないほど冷たい声で指示が下される。

少女たちも怒られたことはわかったのか、顔を見合わせながら寝室を出ていく。もちろん、ドレスもネックレスもしっかり持ち主に持って帰らせた。

「……はあ」

扉の閉じる音を聞いて、リネットは深く息を吐く。登城してから色々な女性に出会ってきたが、こういう困った手合いは初めてかもしれない。

「本当に申し訳ございませんでした」

胸を撫で下ろすリネットの隣では、戻ってきたカティアが深々と頭を下げている。先ほどの冷たい表情は消え、いつも通りの淑《しと》やかな彼女だ。

「そんな、謝らないで下さい！　カティアさんは何も悪くないじゃないですか」

「いいえ。あの非常識な者たちをこちらへ連れてきたのはわたくしですから。本当に、なんとお詫《わ》びを申し上げてよいか」

「それでも、この件はカティアさんのせいではありません。どうか頭を上げて下さい」

俯《うつむ》くカティアは本気で責任を感じているようだが、彼女たちがここへ来た理由を聞かされているリネットとしては、謝られるほうがいたたまれない。

「『王太子妃の専属侍女を、行儀見習いからも選ぶように』と。そう決めたのは、カティアさんではないのですから」

リネットが疲れたように口にした事実に、カティアも静かに苦笑を浮かべる。

そう、ベッドでお茶を飲むという〝時間稼ぎ〟から続いた一連のことは、王太子妃になったがゆえに義務づけられた、新しい仕事なのである。

――要するに、新体制の人員選考だ。

「本当は、勤めの長い侍女たちから選ぶつもりだったのですけれど……」

カティアもどこか遠い目で呟きをこぼす。リネットとしても、仕事に慣れた者に任せたかったのだが、行儀見習いの親たちが『待った』をかけたのがこの日課の原因だ。

王太子がようやく娶《めと》った妻であるリネットは、実は今、貴族たちの注目の的《まと》らしい。その傍付きなんて〝美味《おい》しい立場〟を、彼らが逃すはずもない。

そもそも、行儀見習いは花嫁修業の一環とされているが、勤め先が王城の場合は『教養を学ぶよりも良い縁を繋ぐこと』が目的に変わるのだ。

となれば、必然的に出世欲の高い家が娘を登城させてくる。リネットは例外中の例外だ。

（行儀見習いって、対応が難しい家のお嬢様が多いのよね。だから一応、選考として毎朝数人ずつ来てもらっているのだけど）

正直に言って、結果は思わしくない。さすがに今朝のような者は稀《まれ》だが、ここ数日で顔を合わせた者の中に、世話を任せられる女性は一人もいなかった。

理由は簡単で、リネットを軽んじた態度をとる者ばかりなのだ。恐らく、彼女たちにも悪気はなく、単に育ちからくる選民意識が態度に出てしまったのだろう。

（確かに私は、淑女らしからぬ小娘だもの。王太子妃に見えないのも仕方ないけど）

それでも、リネットはアイザックが選んでくれた妻だ。簡単に御せると思われるのは心外だし、そんな女性を傍に置こうとは思わない。

もっとも、リネットはあの『女の園』で実際に暮らした経験があり、どういう集まりなのかも知っている。最初から行儀見習いに期待もしていないのが本音だ。

（とはいえ、毎朝お嬢様たちに会うのは疲れるわ……）

残念ながら、この日課は全員を選考し終えるまで、あるいは、リネットの専属侍女が決まるまでは続く予定だ。

朝から苦手なことを強いられるので、どうしてもため息がこぼれてしまう。

「やはり、わたくしをリネット様付きに変えていただくのが一番良いかもしれませんね」

「い、いいいえ!?　それはダメですよ!?」

疲れた耳にとんでもない言葉が聞こえてきて、リネットは慌てて姿勢《しせい》を正す。

この日課において、時間稼ぎのお茶と侍女の選考役を務めてくれているカティアは、今も変わらず王妃付きの女官である。その立場は城仕えの中でも最上位の役職であり、全ての女性の憧れなのだ。

そして、カティアの助力は王妃の厚意でもある。大事な立場を捨てさせるなど、王妃に恩を仇《あだ》で返すようなものだ。

「今でもお世話になりすぎているんですから、これ以上は絶対にダメです」

「ですが、毎日あのような候補ばかりですと、わたくしも気が気でなくて。専属の傍付きは、本当に大事な存在ですから」

「それは……」

カティアの真剣な言い方に、リネットは言葉に詰まってしまう。

貴族なら当たり前に雇っている侍女や従者は、リネットの生家アディンセル伯爵家には一人もいなかった。

少なくともリネットが生まれた時には、家事は自分たちでするものだったのだ。

婚約者役を受けてから今に至るまでも、手伝ってくれた人々は『協力者』であって、リネット付きは一人もいない。ゆえに、『専属』の重さもよくわからないのが本音だ。

「参考までに聞きたいのですが、専属の方は何を基準に選ぶのが一番良いのでしょう？」

「そうですね。能力が優れていることはもちろん大切ですが、やはり一番は〝必ずリネット様の味方になってくれる者〟だと思います」

「私の、味方？」

「何があっても、最後まで傍に仕える存在。それが専属です」

どこか誇らしく話すカティアの様子から、少しだけ重さが伝わった気がする。カティアも、王妃にとってそういう存在なのだろう。

「うーん、ますます難しくなった気がします」

「難しいですが、とても大切なお役目ですよ。絶対に良い人材を見つけましょう、リネット様！」

「そう、ですね……」

溌剌《はつらつ》とした笑みで応援してくれるカティアに、つい曖昧《あいまい》な返事をしてしまう。

何があっても、必ずリネットの味方になってくれる――血の繋がった家族以外で、そんな奇特な人物は存在するのだろうか。

(想像もつかないわ。専属侍女選びは、まだ長引きそう……)

せっかくアイザックとともに幸せな目覚めを迎えたのに、気が滅入《めい》ってしまいそうだ。

だが、これも王太子妃に必要なことであるし、もし本当にリネットの絶対の味方が見つかるのなら、それはたいへん心強いことだ。

「落ち込んでも仕方ないか。よし、頑張ろう!」

「はい、わたくしも時間が許す限りお手伝いさせていただきます。リネット様が信頼できる方を必ずや。侍女以外でも、相談ができるご友人がいらっしゃると良いのですが……」

「尊敬している方は沢山いるんですけど、友達は……すみません」

「そ、そうですか」

リネットの新しい世界は、まだまだ問題が山積みらしい。

ともあれ、今朝の分の侍女選考は完了だ。今日も沢山の予定が詰まっている。

緊張で固まった体をグッと伸ばし、新米王太子妃は新しい一日に向けて立ち上がった。

＊　＊　＊

「そういえば、今日はアイザック様のところで予定があるのね」

私室に運んでもらった朝食を終えて、お茶休憩《きゅうけい》中。予定を確認したリネットの目に真っ先に飛び込んだのは、アイザックの執務室という文字だった。

目覚めた時に彼本人も言っていたし、間違いないだろう。

「内容は確か、新人との顔合わせ？　珍しいな」

アイザックは王太子だが軍務も兼任しており、リネットもよく知る直属の精鋭部隊を持っている。

だが、わざわざ顔合わせの席を設けるようなことは、これまでなかったはずだ。初対面の時には紹介してもらえるが、こんな風に予定を組んだことはない。

「結婚したから変わったのかしら？　それとも、私に関わり深い仕事につく方とか？」

王太子妃となると、当然侍女だけではなく専属の護衛も必要だ。

だが、その役はすでに決まっている。勤めの長い部下たちを退《しりぞ》けてまで、新人をリネットの傍に置くとも考えにくい。

「何か事情がある方なのかしら。何にしても、ちゃんと支度をしてもらえてよかった」

リネットは自身の装いを確認して、ホッと息をつく。

あの後、支度は無事カティアにしてもらい、薄い紫色を基調とした柔らかい印象のドレスを着せてもらっている。行儀見習いが提示したものとは違い、生地も冬用の厚いものだ。

地味な茶髪も丁寧に整えられ、唯一の自慢である目の澄んだ青色を引き立たせるような化粧も施されている。

華美になりすぎない絶妙な品の良さを魅《み》せられるカティアは、やはり最高の職人だ。

行儀見習いたちには申し訳ないが、仕上がりの差を考えるとカティアに任せられて正解だったのかもしれない。

それからもう少し時間を調整して、リネットは上着を羽織り私室を出た。以前の部屋よりも執務室が遠くなってしまったので、時間には特に気をつけるよう心がけている。

「リネット様、おはようございます」

廊下に出れば、すぐに顔見知りの軍人たちから挨拶《あいさつ》が聞こえてくる。

お掃除女中、そして雇われ婚約者だった頃からよく知っている、信頼できるアイザックの部下たちだ。

冬なので紺色《こんいろ》の厚手のコートを着込んでいるが、その下はアイザックと揃いの軍服だろう。

「おはようございます」

見慣れた出迎えに、こっそりと安堵《あんど》の息を吐く。やっぱり護衛を任せる相手は、よく知った人物のほうが安心できる。

となると、顔合わせをする新人とは、どういう事情の人物だろうか。

(アイザック様の紹介だから大丈夫だと思うけど、良い方だといいな)

思い浮かぶ理由をつらつらと考えながら歩くこと数分、こちらも見慣れた執務室の扉に辿《たど》りつくと、同行した護衛たちは静かに廊下の壁際に並んだ。

（冬の廊下なんて、外とほとんど変わらない気温なのに……）

リネットは彼らに頭を下げてから、扉へ向き直る。あのコートが、見た目よりも温かいことを願うばかりだ。

「アイザック様、リネットです」

ノックとともに名乗れば、即座に内側から扉が開かれる。

「おはようございます、リネットさん」

もしやリネットの訪問を待っていてくれたのだろうか。素早い反応で迎えてくれたのは、朝の光を受けて輝く、亜麻色《あまいろ》の髪の美丈夫《びじょうふ》だ。

「レナルド様、おはようございます」

「お兄様と呼んでくれてもいいのですよ？」

リネットが裾を掴《つか》んで挨拶を返せば、藍色《あいいろ》の瞳が優しく細められる。

かつて野生児に等しかったリネットを令嬢に仕立て上げた師にして、王太子の側近《そっきん》である彼は、リネットの後見を受けてくれたブライトン公爵家の嫡男《ちゃくなん》だ。

なので『お兄様』と呼ぶのは間違いではないのだが、こうして面と向かって言ってくるのも少し珍しい。

疑問に思っていると、長身のレナルドの背後からリネットと同じ茶色の髪がひょこりと飛び出てきた。

「早く入れリネット。お客様はもうお越しだぞ」

「あ、兄さん」

続けて顔を見せたのは、リネットと同じ髪と瞳の色を持つ、血の繋がったほうの兄グレアムだ。妹のリネットよりもずっと美少女な顔立ちが目に優しくない彼だが、今朝は珍しい装いをしていた。

「兄さんが男装してるの、珍しいわね」

「男装っていうな。こっちが正しい姿だからな」

今朝の彼は、レナルドと同じ銀刺繍《ししゅう》が入った紺色の軍服を着ていた。

アイザック直属隊の正装なのでもちろん正しいのだが、わけあって女装のほうがよく見る彼なので、つい違和感を覚えてしまう。

逆に考えるなら、正装で同席するべき人物が、顔合わせの相手ということだ。

「レナルド様、今日は新人さんとの顔合わせと伺《うかが》ってきたのですけど」

「そうですね。我が部隊での立場は『新人』で間違いないと思いますよ？」

恐る恐る確認すると、レナルドは若干困ったような様子で答えてくれる。限定したということは、部隊以外での立場があり、そちらは新人ではないのだろう。

（ますます思いつかないわ）

胃に走る鈍《にぶ》い痛みを感じながら、リネットは招かれるまま部屋に足を踏み入れる。アイザックの執務室は結婚後も変わらず、品の良い調度品で構成された美しい場所だ。

その中央のソファがある席に――愛しい旦那様と向かい合う、男性の後ろ姿が見えた。

「ああ、来たなリネット」

「申し訳ございません、遅れてしまったでしょうか」

「いや、まだ約束の時間前だから大丈夫だ」

グレアムに上着を預けて、アイザックのもとへ急ぎ足で近付く。

ソファから立ち上がった彼が微笑みながら手招くのに合わせて、向かいの男性もゆっくりと動き出した。

装いは皆と同じ紺色の軍服だが、彼のやや癖が強い短髪は、アイザックに似た赤色だった。

（……珍しい髪色の方だわ）

赤茶色などは見かけるが、アイザックのような鮮やかな赤髪はとても珍しい色だ。彼の他には、実の父親の国王ぐらいしか見たことがない。

とはいえ、あまりじろじろ見ても失礼なので、リネットは客人を視界の端《はし》に捉《とら》えつつ、さっとアイザックの隣に駆け寄っていく。

「……え？」

だが、向かい側に回って見た男性に、つい声がこぼれてしまった。

彼の顔は後ろと同じぐらい髪だらけで、前髪が顔の半分ほどまで厚く繁《しげ》っていたのだ。目が見えないのはもちろん、これでは顔立ちもよくわからない。

予想外の姿にリネットが目を瞬《またた》いていると、隣のアイザックから笑い声が聞こえてきた。

「やはり、まずその前髪をどうにかしたほうがいいと思うぞ？」

「………すみ……せ……」

（――うん？）

アイザックが話した後に、なんとなく男性の声が聞こえたような気がしたが、気のせいだろうか。かすかな音はリネットではよく聞き取れず、ついアイザックを見返してしまう。

「あの、アイザック様？」

「あー……改めて紹介しよう。この男はファロン公爵家のマテウスだ。マテウス、彼女が俺の妻のリネットだ」

なんだかよくわからないが、アイザックが紹介してくれたので、リネットも慌てて裾を掴んで頭を下げる。

『初めまして』でないということは、どこかで会ったことがあるのだろう。だが、全く思い出せない。

（でも、ファロン公爵の名前は聞き覚えがあるわね）

貴族の家名などさっぱりなリネットでも記憶しているので、恐らく今の王家と直接繋がりがある親族で、何度も聞いて覚えたのだと思われる。

しかし、紹介されたマテウスの容姿に見覚えはない。珍しい赤髪はもちろん、このもっさりとした前髪を忘れるとも思えないのだが、一体誰だろう。

「その顔は、どなたかわかっていない顔ですね、リネットさん」

リネットが黙《だま》っていると、ふいに横からレナルドが顔を覗《のぞ》かせる。いつもよりも、気持ち意地悪な笑い方で。

「……すみません」

「前髪を下ろしていると、印象が全然違いますからね。――ファロン公爵は王弟殿下ですよ。マテウス殿は、そのご子息です」

「王弟殿下!?　では、マテウス様はアイザック様の従弟《いとこ》ですか！」

レナルドの促《うなが》しに合わせて、マテウスはおずおずと重たい前髪をかき上げた。隠されていたのは、アイザックと同じ系統の艶やかな顔立ちと鋭い瞳だ。

ただし目の色は茶色で、これは国王と同じ色合いである。髪色が似ているのも、血縁なら当然のことだ。

「し、失礼いたしました！　私、全然気付かなくて……」

血の気《け》が引くのを感じながら、リネットは再び勢いよく頭を下げた。正体を知れば、リネットの態度は王家の血筋に対して完全に不敬だ。

淑女の礼ではなく、謝罪用の深い礼でしっかりと腰を折ると、向かい側からわずかに空気を吸うような音が聞こえた。

「あや……さい。……に……い僕……ので」

「え？」

続けて、ボソボソ音が耳に届くが、何を言っているのか全く聞き取れない。俯いているせいかと思って少し顔を上げるが、聞こえるのは囁きよりも小さい音だ。

「あ、あの？」

「リネット、頭を上げていいぞ。マテウス、もう少し声を出してくれ」

「ア……さん、ご……さい」

「悪い、俺も聞き取れない」

姿勢を正せば、前髪を下ろしたマテウスが、背を丸めてオロオロしている。

やはり、かすかな何かは彼の声だったようだ。だが、アイザックも言う通り全く言葉として聞き取れない。

（この向かい合った距離で聞き取れないのは、まずいのでは……）

執務室のソファもテーブルも特別大きな物ではないので、会話をするのに適切な距離だ。もちろん遮《さえぎ》るような物音もないが、それでも聞き取れないほど声が小さいのだ。

先ほどまで微笑んでいたアイザックもレナルドも、眉が大幅に下がってしまっている。彼らがこういう態度ということは、病気で声が出ないわけでもなさそうだ。

「えーと、さっきのが『アイク兄さん、ごめんなさい』で、その前が『謝らないで下さい。わかりにくい僕が悪いので』だそうですよ」

ついに見かねたのか、リネットの背後に回ったグレアムが遠慮がちに教えてくれた。

途端《とたん》に皆が彼を注視したので、グレアムは居心地悪そうに一歩後ずさっている。

「兄さん聞き取れたの!?　さすがだわ……」

「これがオレの売りだしな」

リネットが素直に褒《ほ》めると、グレアムはひょいと肩をすくめてみせる。

貧しく厳しい領地で狩りをして育ったグレアムは驚異的な聴力を持っており、現在も耳の良さを活《い》かした諜報《ちょうほう》職を任されている。

妹のリネットはもちろん知っている特技だが、こうして実際に披露《ひろう》されると、やはり驚くものだ。リネットは全く聞き取れなかったのでなおさらに。

「…………！　…………？」

「はい、わかりますよ。オレは耳の良さが取り柄《え》なんで」

「グレアム、二人だけで会話をするな。……いや、ちょうどいいか。聞き取れるなら通訳についてくれ」

「同じ言語を喋《しゃべ》ってるのに通訳って。まあ、やりますけど」

アイザックの指示に戸惑《とまど》いつつも、グレアムは反対側のソファの背後に立つと、マテウスに頷いてみせる。なんだか異様な光景ではあるが、これで話は進められそうだ。

「…………」

「あ、はい。わかりました。『お久しぶりです、リネット様。ファロン公爵が長子、マテウス・シア・ロッドフォードです』と」

気を取り直して、グレアムの声ではあるが、ようやくマテウスの自己紹介が聞けた。アイザックと同じ国名を冠した公爵子息、顔合わせの席を設けるには充分すぎる立場だ。

「ど、どうも。お久しぶりということは、初対面ではない、のですよね？」

「……は……すよ。……やく……」

「『式典では毎回ご挨拶をしていますよ。あの身内だけの婚約式でも、お会いしていますし』」

……いやリネット、普通に挨拶しただろうお前」

――全然覚えていない。

なんて、ますます不敬まっしぐらな記憶に、リネットの背中を冷や汗が伝っていく。

アイザックの従弟なんて付き合いも大事な親族を、どうして覚えていないのか。いくら緊張していたとはいえ、自分の記憶力のなさが恨《うら》めしくなってくる。

「『式典では、顔も出していたのですが……』」リネット、マテウス様が落ち込んでしまったじゃないか。謝れ」

「重ね重ね、本当に申し訳なく……」

「……！　……」

「『いえ、影の薄い僕が悪いんです』？　そんなことはありません。マテウス様はとても王家寄りの、凛々《りり》しいご容姿ですよ」

「……指示したのは俺だが、誰が会話をしているのかわからなくなったな」

なんとも奇妙なマテウスと兄妹《きょうだい》の光景に、アイザックは眉をひそめている。

笑いの沸点が低いレナルドは、口を押さえながらすでに後ろ向きだ。傍にいる部下が呆《あき》れているので、多分堪えられなくなっているのだろう。

「とりあえず、マテウスは座れ。リネットも」

「あ、はい」

眉間を軽く揉《も》んだアイザックは、リネットの手を引いてソファに腰を下ろさせる。柔らかくお尻を迎える感触は、何度座っても心地よいものだ。

「本題だが、このマテウスが今日からしばらくの間、俺の補佐官として部隊に加わることになった。リネットとも会う機会が増えるだろうから、今日の席を設けたんだ。今までの覚えてる云々《うんぬん》は、とりあえず置いておけ」

「補佐官？」

続けて伝えられた内容に、リネットはまた少し驚いてしまう。ただの新人ではなく側近的な立場として加わるのなら、確かに顔を合わせる機会は増えそうだ。

「レナルド様と同じような立場ということですよね？　ということは、マテウス様も剣を？」

「……は、全然……」

「マテウス様のご職業は、薬学専攻の学者だそうだ。剣術はあまり得意ではないらしい」

「あっ、し、失礼しました！」

立場的にレナルドと同じような人物かと思いきや、まさかの返答にリネットは口を押さえる。

マテウスも下を向いてしまったので、あまり言いたくない話なのだろう。

(悪いことを聞いてしまったわ。でも、それでどうしてアイザック様につくんだろう？)

マテウスには申し訳ないが、アイザックは他国にまで名が知れる凄腕《すごうで》の剣士であり、彼の直属部隊といえば精鋭中の精鋭だ。リネットが知る限り、ごつくてガタイのよい男ばかり在籍している。

そんなところに、学者のマテウスを置いて大丈夫なのだろうか。

ちら、と隣のアイザックに目配せをすると、彼も困ったように眉を下げた。

「実は、今回の話は叔父上《おじ》に頼まれたのがきっかけなんだ。見ての通り、マテウスは社交性に少々問題があるものでな。俺の下でぜひ修行をさせて欲しいと頼み込まれてしまった」

(うわあ……)

なんとも言えない微妙な空気に、マテウスはますます背を丸めて小さくなっていく。確かに、公爵令息としては少々どころか大いに問題がありそうだ。ここにはグレアムがいたから会話ができたが、筆談でもしなければまず意思の疎通《そつう》ができそうにない。

「わからなくはないですが、よくそれが通りましたね。失礼ですが、王弟殿下のご家庭の事情を軍部に持ち込まれましても……」

「ちょっと、レナルド様!?」

「いや、いい」

レナルドの直球な文句にぎょっとするが、アイザックは諌《いさ》めるでもなくゆるく首を横にふった。残念だが、レナルドの言ったことが正しいからだ。

アイザックの部隊に入れる者は、選《え》りすぐりの軍人だけだ。もしマテウスを家柄だけで受け入れたのだとしたら、印象はよろしくない。

(でも、王弟殿下がわがままを通すとは思えないわよね)

詳《くわ》しくは覚えていないが、王弟は現国王即位の際に速やかに臣下にくだり、アイザックの立太子に合わせて王位継承権も放棄《ほうき》しているはずだ。無駄《むだ》な争いが起こらないように。

国のために動ける人物が、息子だからと贔屓《ひいき》するとは考えにくい。

「心配しなくても、叔父上の頼みはあくまできっかけだ。さすがにそれだけでは通らん。俺が新しい考え方のできる部下を探していたところに、ちょうどマテウスの話がきたんだよ」

「ああ、なるほど。うちは根っからの軍人気質《かたぎ》の者がほとんどですからね」

苦笑しながら続けるアイザックに、レナルドはちらっと室内の部下たちに視線を送る。王子様然とした容貌からは想像できないが、そういうレナルドも血の気の多い武闘派だ。

「今回の出向は、いわゆる試用だ。もしここの仕事が合うなら、本当に俺の側近として迎えようと思っている」

「……あ」

はっきりと告げたアイザックに、リネットも気付く。——これは、専属侍女を選考しているリネットと同じだ。

アイザックもまた、自身の代に向けての新体制作りを始めているのだ。

（アイザック様のほうはもう完成していると思っていたけど、違ったのね。そう考えると、毛色の違うマテウス様はありなのかも？）

血気盛んなアイザック直属隊に学者のマテウスが加われば、良い制止役になってくれるかもしれない。そう考えれば、意外と悪くない人事のようにも思える。

「まあ、『真っ当な生活をさせてくれ』という頼みは、俺の部隊にいれば自ずと叶《かな》うだろうしな。マテウス、昼夜逆転がすぎると皆心配していたぞ」

「う……ごめ……さい」

親族らしい穏やかな注意に、マテウスは所在なさげに頬を掻《か》く。

言われてみれば、彼の肌はリネットよりもはるかに白い。室内職なので仕方ないのかもしれないが、それにしても不健康な顔色だ。

（アイザック様の部隊は朝が早いし、日中もバリバリ活動しているものね。この機会に健康になって下さったらいいな）

何はともあれ、これで顔合わせの席は無事に終了だろう。

想定外の人物で少々驚いたが、アイザックたちならきっと上手《うま》くやっていくはずだ。通訳のグレアムもいるのだし。

予定よりも少し早いが、リネットはそろそろ次の予定の準備へ向かおうとして——しかし、マテウスがリネットに待ったをかけた。

「えっと、私に何か？」

「…………！」

相変わらず聞き取れない声量で何かを訴《うった》えるマテウスに、リネットも浮かせたお尻をソファに戻す。グレアムに訊《たず》ねるが、特に意味のあることは言っていないようだ。

「こ、これを……！」

リネットが座り直したのを確認したマテウスは、今度はギリギリ聞き取れる声とともに右手を差し出した。持っているのは、きれいな白い封筒だ。

「お手紙？　私宛《あ》てですか？」

「皆様に……リネット様にも、読んで……たくて……」

リネットが受け取ると、マテウスは一仕事終えたとばかりに大きく息をつく。

宛名はマテウス、裏面に落とされた封蝋《ふうろう》の紋は――なんとブライトン公爵家のものだ。

「レナルド様、ご存じですか？」

「いえ全く。何故私の家の紋が？」

予想外の差出人に、レナルドもソファの背後から身を乗り出して手紙を覗き込む。

中に入っていたのは、便箋《びんせん》が一枚のみ。美しい筆跡で綴《つづ》られた内容を目で追うごとに、レナルドの顔からは血の気が引いていく。

（こ、これって……）

差出人は、レナルドの母であるブライトン公爵夫人だ。そして肝心《かんじん》の内容は、

「レナルド様の奥方探しに、協力して欲しい？」

――である。

「あの母親!!　息子に内緒で何を依頼しているんですかッ!?」

淡々《たんたん》と綴られた手紙の内容に、珍しくレナルドが声を荒らげた。

全文を要約すると、『レナルドが仕事の忙しさを理由に見合いから逃げるので、マテウスが

側近の仕事を手伝って、奥方探しの時間を作って欲しい』というものだ。

（そういえば、レナルド様の婚姻関係のお話は全然聞かないわね）

ブライトン公爵家といえばロッドフォードの筆頭貴族で、レナルドはそこの嫡男だ。当然、結婚して跡継ぎを残す義務があるが、そういう話は噂《うわさ》でも聞いたことがない。

「すまないレナルド。俺はそんなにお前に仕事を強いていたのか」

「嫌味ですか殿下。そんなわけがないでしょう！」

素直に謝罪するアイザックに、レナルドはますます苛立《いらだ》ちを増していく。

事実、アイザックの部下たちの婚姻が遅れているのは、とある『体質』があったアイザックが一因なのだが、レナルドはそれを責めるつもりはないようだ。

むしろ、見合いや婚姻話を忌避《きひ》しているようにも見える。

「ちなみに、マテウス様はお手伝いに来て大丈夫なんですか？」

「……は、もう……」

「マテウス様には婚約者がいるそうだ。となると、レナルドお義兄《にい》様は大変だろうな」

通訳をしたグレアムに合わせて、マテウスもこくこくと強く頷いている。

王弟の子息が売約済みとなると、レナルドは本当に最優良物件だ。女性受けする美貌も相まって、競争率は相当なものだろう。

「アイザック殿下が結婚した今、正《まさ》しく争奪戦だな」

「あ、そうか、私……」

苦笑するグレアムに、リネットもはっと気付く。

アイザックが一途《いちず》に愛してくれたのですっかり忘れていたが、彼こそが令嬢たちに最も求められた相手だったのだ。

王太子妃が狙えなくなった以上、令嬢たちは別の相手へ向かうしかない。家格で考えるなら、次はきっと公爵夫人の座だ。

（そっか、最初からレナルド様狙いの子たちに、王太子妃狙いだった子が加わるのか）

しかも、他の公爵家には今、結婚適齢期の男性がいない。子どもの世代のことを考えても、レナルドは最高の結婚相手だ。

「これは本当に、女の最終決戦になるかもしれないわね」

「なってるだろう、現在進行形で」

思わず腕をさすってしまうリネットに、グレアムもマテウスも憐憫《れんびん》の眼差《まなざ》しをレナルドに向ける。レナルドが嫌がるのも道理というわけだ。

「となると、三日後に開催予定のリネットの茶会には、マテウスも参加するのか？」

「えっ!?」

よそ事だと思っていたリネットだったが、アイザックの一言で一気に現実に戻された。

――そう、実は今日から三日後に、リネットが初めて主催する茶会が予定されている。

もちろん、義母となった王妃をはじめ、多くの者が協力してくれてはいるのだが、主催はあくまでリネットだ。

今日もこの顔合わせの後、夜までしっかりと打ち合わせと準備の予定が入っている。

「マテウス様、そうなのですか？」

リネットが本人に確認すれば、マテウスもしっかりと頷く。どうやら、部下たちとはすでに話が進んでいるらしい。アイザックに向けて、改と大きく書かれた名簿を差し出してきた。

「ああ、マテウス殿、私は全く聞いていない話なのですが……」

「マテウスが部隊側にきて、レナルドを参加者に回すんだな。了解した」

「あっさり受理しないで下さいよ、殿下！」

名簿を確認したアイザックはサラッとサインを書くと、リネットに渡してきた。レナルドの横には『参加者』、マテウスの横には『雑用係』とそれぞれ記載されている。

「雑用係!?　王弟殿下のご子息に、そんな仕事をお願いして大丈夫なんですか？」

「本人が承諾《しょうだく》しているから問題ない。それに、この季節に王都に残っている令嬢といえば、結婚に意欲的な者が多いだろうしな。レナルドの手は空《あ》けてやったほうがいい」

「ああ……」

冬が長く雪も多いロッドフォードでは、秋の内に領地へ帰り、そのまま春まで出てこない貴族が多い。ちょっと移動をするだけでも、時間も手間《てま》もかかりすぎるからだ。

裕福な家などは、ゆっくりと領の運営を見直せる休暇《きゅうか》期間にしているそうだ。

だが一方で、領地へ帰らず冬も王都ですごす貴族も一定数存在する。アイザックの言う通り、冬の間も社交を欠かさず、縁作りに余念がない人々である。

今回の茶会は、結婚式以降は公の場に出ていない新米王太子妃が、交流を始めるのにちょうどいい時期だからと聞いていたのだが、どうやら見合いも兼ねていたようだ。

（道理でアイザック様の護衛役に、わざわざレナルド様や兄さんを指名していたのね）

「参加人数は大丈夫そうか？」

「はい。公爵夫人の助言で、少し多く準備していますので。ただ、レナルド様たちは護衛だと伺っていたのですが」

「当人もそのつもりだっただろう。まあ、公爵夫人が手を回しているのなら、令嬢との交流は避けられないな」

「ははは……」

アイザックの言う通り、控えている気だったらしいレナルドは乾いた笑いをこぼしている。

彼には申し訳ないが、妹分であるリネットとしては、協力する以外にできることもない。せめて良い令嬢と話ができるように、当日の席順を今一度精査する必要がありそうだ。

「――ところでグレアム殿。物は相談なのですが、リネットさんのお茶会では私と一緒にすごしませんか？」

ふと、笑っていたレナルドが、向かいのグレアムに声をかけた。

「ほら、私たち小舅《こじゅうと》同士で気も合いますし。グレアム殿も、私がいたほうが楽でしょう?」

「男の格好でいいなら、喜んで相席しますよ」

「はあ!? 貴方《あなた》、なんのためにそんな美少女顔してるんですか!」

「生まれつきですよ!!」

「…………うわぁ」

どうやら、女装したグレアムを同伴者に仕立てて、見合いを避けようとしたらしい。

そもそも、グレアムもアディンセル伯爵家の跡取りなので、伴侶《はんりょ》を探さなければならないのだが、レナルドは忘れているのだろうか。

「兄さんは女装で参加する気だったの?」

「状況によりけりだ。オレは別に見合いをしろとは言われていないからな。うちは〝家業〟さえ残るなら、爵位は返還してもいいし」

「そ、それもそうか」

グレアムの言う家業とは、リネットとグレアムの生家アディンセル伯爵家のもう一つの顔――初代騎士王を陰から支えた暗殺者『梟《ふくろう》』の血筋と技術のことだ。

現在はグレアムを頭領に諜報部隊となった彼らは、アイザックに仕え、重宝されている。グレアムの聴力も、本当の目的はこちらで使うためだ。

（第一、うちは伯爵位を名乗るのがおかしいほど貧乏だものね）

次代の人員育成の場さえ確保できれば、爵位などなくなっても誰も気にしないだろう。

「甘いですよグレアム殿。王太子妃を出した家を、貴族のご令嬢が見逃すとでも？」

「それでも、筆頭公爵家跡取りのお義兄様よりははるかにマシです」

「くっ！　今ばかりは家の知名度が疎《うと》ましい!!　……早急に茶会の警備係を見直さなければ。家柄と顔がそこそこの部下を総動員してやります」

「あはははは……」

小舅たちは小舅たちで、これから大変なことになりそうだ。

青い顔で用箋ばさみをめくるレナルドを、マテウスも応援するように見つめていた。


「リネット」

顔合わせを無事に終え、執務室を出たリネットに背後から声がかけられた。

低く、耳に心地よいその声を、リネットが聞き間違えるはずもない。

「アイザック様！」

すぐさまふり返れば、思った通りの人物が扉の外に立っている。その格好は、室内にいた時のまま、軍服と深紅《しんく》の外套《がいとう》のみだ。

「廊下は寒いですから、上着を」

「すぐに戻るから大丈夫だ。少しだけいいか？」

「はい、何かありましたか？」

リネットがアイザックに近付く――よりも早く、突然ぐっと左腕を強く引かれた。

「っ!?」

なにごと、と驚く頃には、リネットの体はアイザックの腕の中だ。厚い胸板に頬が触れて、彼の体温が伝わってくる。

「アイザック様……？」

「無理は、していないか？」

頭上から降るのは、幼子に聞かせるような柔らかい声色だ。リネットが顔を上げれば、慈《いつく》しむような紫眼《しがん》と目が合った。

「王太子妃の仕事は、リネットの苦手なことが多いだろう。茶会の準備もそうだ。大丈夫か？辛《つら》くはないか、リネット」

彼の大きな手がリネットの髪を梳《す》いてくれる。涙が出そうなぐらい優しい手つきで。

「……辛くはないですが、難しいですよ。私には慣れないことばかりですから」

「ちゃんと休んでくれ。あまり辛いなら、俺のほうで調整させるぞ」

「いいえ、やらせて下さい」

宝石のような美しい瞳が、不安げに揺れる。そこに映り込むリネットは、なるべく明るい顔になるように、きゅっと唇をつり上げた。

「だって私は、貴方の奥さんですから。不慣れでも不格好でも、やらせて下さい。できることが、私の権利ですから」

やりたいと言ったら嘘《うそ》になるような仕事も多いが、それでもリネットは〝やり遂《と》げたい〟と思うからこそ向き合っている。

それが、アイザックの隣に立つことだと、わかっていて結婚したのだから。

「リネット……」

リネットの額に、熱い唇が触れる。外の雪も溶けてしまいそうなほどに、アイザックの口付けは温かい。

「それでも、無理はしないでくれ。リネットが大切なんだ。……愛してる、俺の奥様」

「はい、旦那様」

名残《なごり》を惜しむように強く抱き締めてから、アイザックは再び執務室へ戻っていった。

予定は終わっていたのに、わざわざリネットを心配して追ってきてくれたのだろう。体に残る彼の熱が、廊下の寒さも打ち消してくれるようだ。

「……本当に、素敵な旦那様。大好き」

王太子妃の務めは、不安なことばかりだ。上手くできる自信も全くない。

それでもきっと〝アイザックの妻〟だという幸福が一つあれば、きっとリネットは戦っていける。

「よし、行こう！」

自分の心を再確認して、リネットも足を踏み出す。苦手だけれど、それでも努《つと》めるべきお仕事に向かって。

＊　＊　＊

慌ただしい日々はあっと言う間にすぎ、リネットが主催を務めるお茶会もいよいよ明日《あす》に開催となった。

（うん、会場の準備はほぼ完璧ね）

真新しいクロスの敷かれたテーブルを確認して、ほっと息をつく。

今回会場として借りるのは、なんとリネットが雇われ婚約者役だった時に王妃が茶会を催《もよお》したサロンだ。

壁紙一つ、柱一本とってもこだわった造りとなっているこの一室は、明日の朝に薔薇《ばら》の生花が飾られることで完成となる。

かつては華やかな会場を眺めているだけだったリネットが、今度は主催者として立つことになるなんて、本当に不思議な話だ。

「リネット」

「アイザック様。皆様もお疲れ様です」

今日は前日ということで、アイザック直属隊からも警備につく者たちが最終確認に来てくれている。

それほど広い会場ではないが、新米王太子妃が初めて催す茶会ということで、万全の態勢で臨《のぞ》んでくれるようだ。

軍部の精鋭を借りられるだけでもありがたいのに、彼らの心遣いは本当に嬉しい。何やら、彼らには彼らで目的があるらしいが、それでも充分だ。

「足りない物はないか？」

「はい、備品も全て揃いました。こちらの準備はほぼばっちりです」

「それは何よりだ」

確認印の入った備品一覧を見せれば、アイザックは柔らかく微笑みながらリネットの髪を撫でてくれる。

王太子の彼が忙しくないはずはないのに、不慣れなリネットを気遣ってくれる彼は、本当に最高の旦那様だ。

（苦手な仕事も多いけど、アイザック様と結婚できて本当によかった）

幸せを感じつつ、一時《ひととき》の憩《いこ》いに揃って息をつく。

物品は全て揃ったのだから、次に必要なものはリネット自身の心構えだ。

本物の淑女たちと比べれば、リネットが劣等感を覚える点など数えきれないほどある。だが、それを見せてしまったら王太子妃失格だ。

(考えるべきは、今の私にできる最高の状態で、皆さんに楽しんでもらうこと)

もはや、小手先の技術で通用するような世界ではない。

ならばせめて、以前に公爵夫人に教えてもらった〝一番大事な根本の心〟を忘れることなく臨みたい。

(緊張はするけど……怖くはないわ)

そっと隣を見上げれば、美しい紫水晶が見える。

リネットの隣には、アイザックがいてくれる。それだけで、いくらでも頑張れる気がしてくるのだから、やはり愛の力は偉大だ。

「リネット様、こちらにいらっしゃいましたか」

改めて旦那様への愛を実感していると、扉のほうから聞き慣れた声に呼びかけられた。

「あれ、カティアさん?」

視線を向ければ、警備係たちに会釈《えしゃく》をして入ってきたのは、今日も所作が美しいカティアだった。彼女は何故かワゴンを押しながらリネットのほうに歩いてくる。

「お疲れ様です。何かご用でしたか?」

「はい、明日の茶会用のお菓子の試食品をお持ちしました」

「えっ!?」

言うが早いか、カティアはワゴンにかけられていた埃避《ほこりよ》けをさっと取って品を見せてくれる。

載っていたのは、正しくリネットがお願いしていた茶菓子だったのだが、まさかカティアが持ってきてくれるとは思わなかった。

「すみません。カティアさんに、こんな雑用仕事をしていただくなんて……」

勤めの長い料理人たちが女官の正装を知らないはずはないので、恐らくは彼女が進んで動いてくれたのだろう。

ただでさえ業務外の仕事を色々としてもらっているリネットとしては、もう頭を下げるしかない。

「リネット様、どうぞお気になさらず。わたくしが好きでお手伝いしていることですから」

「で、ですが……」

「正直に申し上げますと、明日のお菓子に少し興味がありまして」

戸惑うリネットに、カティアは少しだけ意地悪な笑い方をしてから、しぃ、と人差し指を唇にあてて見せた。淑女の鑑《かがみ》のような女官からは、思いつかない仕草だ。

(カティアさんに、こんなお茶目な部分が!)

彼女には一年以上世話になっているが、最近になって新しい一面を見ることが多いので、なんだか新鮮な気持ちだ。

釣られてリネットも人差し指をあてると、隣のアイザックが小さく吹き出した。

「アイザック様？」

「……ああ、悪い。面白いものを見せてもらった。明日の茶菓子はリネットが提案したのだったか」

「あ、はい」

気を取り直してワゴンを確認すると、一回の茶会で出すにはだいぶ多い種類の菓子が並んでいる。忙しい料理人たちに申し訳ないとは思ったが、王妃とも相談し、準備時間もしっかりとってもらった上での施策《しさく》だ。

「なるほど、あまり見ないものがあるな」

「そうなんです。せっかくですから、色々とお出ししたいと思って」

リネットが少しだけ得意げに話すと、二人の瞳が柔らかく細められる。

貴族たちの茶会のお菓子といえば、基本的には紅茶に合う焼き菓子だ。材料を惜しみなく使ったそれらはしっとりと濃厚な味で、たいへん美味しいのだが……多くは食べられない。

特に女性は食が細く、大半が一つ食べるので精いっぱいだ。甘味など食べられなかったリネットは、残されるそれらをもったいないと常に思っていた。

ということを踏まえて、今回は市井《しせい》で人気の菓子を調べて、それらを出せるように頼んでみたのである。たとえば卵白を焼いた菓子や、バナナとカラメルの小型パイなどだ。

(従来の茶菓子と比べれば味は薄いかもしれないけど、軽く摘《つま》むならこれぐらいのほうがちょうどいいと思うわ)

もとより、貴族のお茶会は飲食よりも話の内容のほうが重要な場だ。

質の低いものを出すことはできないが、味が濃いものを出して残されてしまうぐらいなら、少し薄味なものを完食してもらえたほうが嬉しい。

食べることをこよなく愛するリネットならではの戦法に、王妃たちも興味を示して惜しみなく協力をしてくれた。

(これを思いついたきっかけは、お茶に招いて下さる度《たび》にお土産《みやげ》お菓子を用意して下さる王妃様のおかげというのも恥ずかしいけどね)

アイザックにも王妃にもしっかり餌付《えづ》けをされてしまったが、今はもう旦那様とお義母《かあ》様なのだ。それはそれとして、今後に活かしていけばいい。

「よし、早速いただきます。王城の料理人が作ってくれたので味はばっちりでしょうし、これは立食の席でも手軽に食べられるお菓子なんですよ」

「ああ、そうやって食べられるのか」

リネットが一つ指で摘んで促せば、二人ともそれに倣《なら》い、口元に運んでいく。

口に入れれば、さっくりとした軽い感触が舌の上であっと言う間に消えていった。

（美味しい！　それに食べやすいし、いい感じだわ）

市井のものよりはもちろん濃厚な味だが、それでも断然胃に優しい。これなら、リネットはいくらでも食べられてしまう。

「ふむ……悪くないな。カトラリーがいらないのも楽でいい」

「わたくしも好きです。指で摘むのはちょっとはしたない気もしますが、こういう手軽なお菓子も良いですね」

濃厚な菓子に慣れた二人にも好感触で、提案しただけのリネットも嬉しくなってくる。

カティアもごく普通に二つ目へ手を伸ばしているので、これなら食の細い令嬢たちでも残さずに食べてくれるかもしれない。

（相応しい話ができるかはわからないけど、私らしい茶会で楽しんでもらえたらいいな）

三人で楽しく話していれば、興味を持ったアイザックの部下たちも試食に集まってきてくれる。さすがに軍人のお腹には全く足りないが、味や食べやすさについては概《おおむ》ね好評のようだ。

これで『お茶会』という場が顔見せや情報収集だけではなく、食べることも楽しめるようになっていってくれたら、リネットもとても嬉しい。

「あ……わたくしとしたことが。試食品をお持ちするのなら、一緒に紅茶もご用意するべきでしたね。明日の茶葉の確認も兼ねて、すぐに準備をいたしますわ」

「いえいえ、そこまでしてもらわなくても！」

ふいにハッとした表情で会場を出ようとしたカティアを、すんでのところで呼び止める。

気が利《き》くのはありがたいが、王妃の女官にこれ以上働いてもらっても逆に困ってしまう。やはり、リネット専属の侍女を決めるのは急務かもしれない。

「ここでカティアさんにお茶を淹《い》れていただいたら、動きたくなくなってしまいますから。それに、茶葉も決まってますし、試飲も済んでますから大丈夫ですよ」

リネットが続けて伝えれば、カティアの足もピタリと止まる。

第一、今はあくまで前日確認なのだ。この場で先に茶会を始めて、せっかく用意した会場を汚してしまったら、それこそ事だ。

「……申し訳ございません、リネット様。どうしても心配になってしまって。わたくしもそろそろ、リネット様離れを考えなければなりませんね」

「とんでもない。お手伝いいただけるのは本当に助かっていますよ」

リネット離れという謎単語はあえて聞き流すことにして。カティアはリネットが野生児だった頃から、ずっと傍で支えてきてくれた『出来のよすぎる姉』のような存在だ。

それこそ、専属の如く近くでリネットを見てきたからこそ、王太子妃という立場になっても心配してくれているのだろう。

（私の侍女選考も、本来なら関係のないことを引き受けて下さっているんだもののね）

そんな優しすぎるカティアに安心してもらうためにも、やはり明日の茶会は絶対に成功させなければならない。

新たな目標を見つけたリネットは、強く胸元を握りしめて――、

「おわあっ⁉　マテウス様⁉」

しかし、リネットの誓いを邪魔《じゃま》するように、男性の野太い悲鳴とガタンという大きな音が響き渡った。

声のしたほうに慌てて視線を向ければ、おろおろするアイザックの部下たちの足元に、見覚えのある赤い髪の人物が会場の椅子《いす》を巻き込んで倒れている。

アイザックによく似た色の、しかし前髪部分が大幅に多い男性は、先日顔合わせをしたばかりの公爵子息だ。

「だ、大丈夫ですか⁉」

リネットも急いで駆け寄ると、彼はしばらくボンヤリしていたが、リネットに気付くと上体を起こしてぶんぶんと首を縦にふってきた。

続けて、自分が倒してしまった椅子を必死に撫でたりして確かめている。

ざっと見た感じでは、マテウスにも椅子にも怪我《けが》はなさそうだ。

「もしかして、その椅子に躓《つまず》いてしまいましたか？　でしたら、通路の幅をもう一度確認しないと危ないかも……」

マテウスはアイザック直属隊の軍装なので、足元もしっかりとしたブーツを履《は》いている。そ

んな彼が躓いてしまうとしたら、ヒールの細い靴を履いている令嬢たちにはもっと危険だ。

リネットがすぐに再確認に戻ろうとすると、それを止めるようにマテウスが手を掴んだ。

何かを言っているようだが、ボソボソとした空気の音はさっぱりわからない。

「あの、マテウス様。申し訳ないのですが、もう少し大きな声で話していただけると」

「『僕が寝ぼけてつっこんでしまっただけで、通路は安全です』だそうだ」

「あっ」

リネットの問いに答えたのは、マテウスの後ろから現れた実兄《じっけい》グレアムだ。

困ったように眉を下げるグレアムの隣には、何故か機嫌《きげん》がよさそうなレナルドもいる。

「二人ともお疲れ様です。兄さん、本当に通路の幅は大丈夫なの？」

「王城のサロンだぞ？　ある程度は最初から計算されているし、用意したやつらを疑ってやるな。それに、さっきからマテウス様はフラフラしてたしな」

「えっ？　マテウス様、もしかして具合が悪いんですか？」

「……は、いえ……」

リネットの問いに彼は首を横にふっているが、なんとなく不健康に見えなくもない。本番は明日なのに、ふらつくような体調では危険だろう。

幸い準備は滞《とどこお》りなく済んでいるし、マテウスには休んでもらったほうがいいかもしれない。

「マテウス様、会場は大丈夫ですから、どうぞお体を大事にして下さい」

「主催のリネットさんがこう言ってくれていることですし、マテウス殿はゆっくり休んでいただいて大丈夫ですよ。大事をとって、明日も休めるよう殿下に聞いておきましょう」

「レナルド様……？」

リネットが一声かけただけなのに対して、補足するように続けたレナルドは、マテウスをずいぶん労《いた》わっている。

藍色の目に浮かぶのも慈愛のように見えるが……レナルドが笑顔を崩さない時は、経験上何か別の目的があるように感じてしまう。

かつてリネットに、『謀反人《むほんにん》として斬首《ざんしゅ》か、婚約者役を引き受けるか』を迫《せま》ったように。

「…………！」

マテウスもレナルドに何か言っているようだ。焦《あせ》っているようにも見えるが、相変わらず何を言っているかわからないので困ってしまう。

(前髪で隠れているから顔色もわからないのよね。本当に大丈夫なのかしら)

改めてグレアムに通訳を頼もうとすれば、実兄が動くよりも早く、リネットの隣に長身の影がかかった。

「また倒れたのか、マテウス。出向期間だけでも早く寝ろと伝えたはずだが、昨夜は何時に寝たんだ？」

「アイザック様。……寝る時間？」

近付いてきたのはアイザックだったのだが、彼の表情はかなり険しく、口調も呆れたようなやや荒い言い方になっている。

問われたマテウスはしょんぼりと顔を俯かせて……何故かレナルドも、アイザックからわかりやすく視線をそらした。

「お前が夜型なのは知っているが、立場上逃《のが》れられない催事があることもわかっているだろう？　生活習慣を変えてもらわないと、睡眠時間が削れる一方だぞ。それとも、王太子妃の茶会で今のような居眠りをするつもりか？」

「それは……っ！」

わずかに反応したマテウスは、しかしまた口を閉じて俯いてしまう。

そういえば、彼は顔合わせの時にも『昼夜逆転生活がひどい』とアイザックに言われていた。たった数日では、体内時計が戻っていないのだろう。

（それで寝ぼけて転んだのね。具合が悪いわけじゃないならいいけど……）

だが残念ながら、多くのものは明るい時間に動いている。王弟の息子であるマテウスが求められる場所も、夜会以外はほとんどが昼に催される行事だろう。

今回リネットの茶会を免除したとしても、マテウスの立場を考えれば催事はまだまだあるし、逃れるのも難しいはずだ。

王弟がアイザックに頼んだのも、きっと息子の体を思ってのことだ。

（アイザック様の言う通り、生活習慣を直さないと、真っ先に削られるのは睡眠時間だもの）

アイザックはため息をこぼしつつ、マテウスに手を貸して立たせる。二人並ぶと、彼らの差がはっきりとわかってしまった。

アイザックがかなり長身なのは確かだが、猫背になっているマテウスの体は細く、ずいぶん疲れているように見えるのだ。これでは誰でも心配になるだろう。

「公の場を避け続けていた俺に言われるのも不服だろうけどな。だが、お前の実家の者たちのように、外に出て剣をふるえなんてことは言っていないぞ？　体制が落ち着いたら、引きこもって研究に没頭できるようにしてやるから、今はもう少しだけ頑張ってくれ。な？」

先ほどとは言い方を変え、幼子を諭《さと》すように語りかけるアイザックに、マテウスは少しだけ躊躇ってからこくりと頷きを返した。

彼の立場を考えれば引きこもるなど絶対にダメだし、そもそもこの社交性のなさは致命的な問題だが、まずは一つずつ改善というところだろうか。

（さすがに当日居眠りをされたら、皆も困ってしまうわよね。せめて今夜は夜更《よふ》かししないで下さるといいなあ）

二人のやりとりを見守っているアイザックの部下たちも、頷いたマテウスにほっとした様子だ。一緒に現場に立つ彼らにとっても、『せめて明日は！』というのが切実な願いだろう。

転んでしまったのが前日の今日でよかった、と思っておこう。

「マテウスはまた転ぶ前に仮眠をとってこい。それからレナルド、お前は無暗《むやみ》に甘やかすんじゃない」

　さて、マテウスを窘《たしな》めるのが済んだと思えば、アイザックの紫眼が今度はレナルドに向けられる。彼が近寄ってきてから、依然目をそらしたままのレナルドに。

「別に甘やかしてはおりませんよ。急に出向になったマテウス殿を心配するのは、人として当然のことでしょう？」

「それはもっともだが、今回のことは俺や叔父上が命令したわけじゃない。マテウス本人の合意のもとでこちらへ来ているんだ。甘やかしたら意味がないし、『仕事』としてけじめはつけてもらわないと困る」

　至極真っ当な答えに、レナルドの目がゆっくりとアイザックに向けられる。

　やがてしっかりと向き合うと、レナルドは深いため息をこぼした。

「王弟殿下のご子息に無理を強いるぐらいなら、明日は手が空いている私を使えばいいじゃありませんか。私がどれだけ貴方の側近を務めてきたとお思いですか？　それに、リネットさんの初の茶会ですよ？　雑用でも護衛でも、お兄様は何でもしますとも」

「お前の明日の仕事は見合いだと再三言っているだろうが」

「それが嫌だから抵抗しているんですよ！」

（ああ、そういうこと……）

ずいぶんかばうと思えば、マテウスがレナルドと交換した仕事を取り戻そうとしていたのか。参加者ではなく、裏方として令嬢たちと会わなくても良い立場に。

リネットとしてもレナルドが控えていてくれれば安心だが、彼に素敵な結婚相手を探す場を提供したいとも思っている。

どうしたものかとアイザックを窺えば、彼は心底呆れた表情で首を横にふった。

「リネットには悪いが、〝あの方〟がいる以上、俺たちが手を出しても多分無駄だ。俺たちにできることはレナルドに仕事をふらず、素直に参加させるしかない」

「そこを頑張りましょうよ、殿下。王太子の権力はそんなに弱くないはずですよ」

「……諦《あきら》めろ」

嫌そうに口を尖《とが》らせるレナルドの隣では、グレアムも首を横にふって『無理』と無言で訴えている。主催者としては申し訳ない限りだが、レナルドにはせめて楽しんでもらえるよう気を配るしか、リネットにできることはなさそうだ。

「って、マテウス様。また寝てますよ」

「…………」

「マテウス様？　おーい、起きてくださーい？」

そして彼らの横では、再び寝落ちしたマテウスがうつらうつらと船をこいでいる。グレアムが支えてはいるが、あれでは椅子にまたつっこむのも時間の問題だろう。

せっかく整えた会場を駄目にされる前に、マテウスはサロンから出したほうがよさそうだ。

（本当に大丈夫かしら……）

準備はほぼ完璧で、明日の本番を待つのみだと思っていた茶会だが――残念ながら、リネットの催事は一筋縄ではいかないらしい。

（……頑張ろう）

鈍い痛みを訴え始めた胃をさすりながら、新米王太子妃は静かに目を閉じた。

2章　出会いと波乱のお茶会

ついにリネット主催の茶会の日がやってきた。

会場である豪華なサロンは、今朝《けさ》から薔薇《ばら》に彩《いろど》られて完璧《かんぺき》な空間を作り出している。

かつてはひっそりと参加していた雇われ婚約者役が、今日《きょう》はこの素晴らしい会場の主催者として立っているなんて、以前のリネットなら絶対に想像ができないだろう。

改めて、人生何が起こるかわからないものだ。

さて、そんな今日の茶会の参加者だが、王都に滞在中の八つの家に招待状を送っており、その全てから出席の返事をもらっている。

今回は女性に限定させてもらい、参加するのは年頃の娘たちとその付き添いの母親や親類で、総人数は二十名ほどだ。

初めての茶会としては少し多いが、保護者役たちは主に王妃の客人となるので、リネットが相手をするのは全員ではない。

(とはいえ、挨拶《あいさつ》だけで終わらない席で、この人数は初めてね)

気を抜いたら口から飛び出てきそうな心臓を、胸の上から押さえつける。

今日のために、リネットなりに尽力《じんりょく》してきた。茶葉や菓子類の手配はもちろん、王城の皆に協力してもらい、給仕役の侍女も普通の茶会よりも多く来てもらっている。

さすがにカティアには遠慮してもらったが、いずれも勤めの長い優秀な者たちだ。

さらに、会場の警備はアイザック直属隊の面々である。……実は、彼らも出会いの場を求めたがゆえの任務らしいが、心強さは申し分ない。

そして当然、今の季節に欠かせない暖炉《だんろ》など防寒の準備も万端《ばんたん》だ。

――あとは、彼女たちを迎えるリネット次第《しだい》。

「不安か？」

呼吸を整えるリネットの肩に、大きな手が触れる。はっと視線を上げれば、穏やかに微笑《ほほえ》む紫水晶がリネットを見つめていた。

「アイザック様……すみません。やっぱり緊張しますね」

「そう気負うな、俺がついている。出しゃばることはできないが、補佐ぐらいは任せろ。リネットはリネットらしく、茶菓子を楽しめばいい」

「さすがに主催者がお菓子にがっつくわけにはいきませんよ」

「そうか？　案外、そのほうが皆も遠慮せずに食べられていいかもしれないぞ？」

アイザックの声色《こわいろ》は優しく、するすると染みていく。

ああ確かに、この素敵な旦那様と一緒なら、緊張する必要はないかもしれない。

「それに、今日の参加者たちは、リネットよりも気になるものがあるだろうしな」

肩をぽんぽんと撫《な》でてから、アイザックの目が奥へと視線を促《うなが》す。

他とは離れた席ですでに待機しているのは、その姿だけで絵画になりそうな王妃と――もう一人、亜麻色《あまいろ》の髪の美しい貴婦人が座っている。

そう、リネットもよく知っている人物、美の女神と称される社交界の女王、ブライトン公爵夫人である。

(昨日《きのう》言っていた〝あの方〟は、公爵夫人のことだったのね)

リネットの母を自称する彼女は、今回の茶会についても様々な手助けをしてくれており『当日になってからの参加者の増減も考えるべし』という助言も彼女からだったのだが……まさか本人が参加してくれるとは思わなかった。

新米王太子妃だけでは不安だらけの茶会も、皆が憧《あこが》れる王妃と公爵夫人の二人がいるとなれば箔《はく》がつく。参加者たちにも嬉《うれ》しい驚きだろう。

そして、参加者やリネットよりももっと驚いている人物が一人。

「突然参加を決めるなんて、迷惑だとは思わないのですか？」

「心外ね。リネットさんにはちゃんと、最初からわたくしを含めた人数で伝えていたの。それよりも、母親が監視したくなるような息子のほうが、わたくしは恥ずかしいわ。貴方《あなた》が逃げたりしたら、可愛《かわい》い妹の顔に泥を塗ることになるのよ？」

「ぐっ……！」

女神の前で呻《うめ》いているのは、言うまでもなく息子のレナルドである。よく似た美しい顔には、早くも絶望の表情が浮かんでいる。

「別に、逃げるつもりは……」

「そう？　それを聞いて安心したわ。今日いらっしゃるお嬢さんは縁談に意欲的な子ばかりだから、しっかりとお相手を務めるようにね？」

「……………ハイ」

それはつまり、今日の参加者は〝狩人《かりゅうど》〟ばかりということだ。最上の獲物と目されるレナルドの周囲には、始まる前からもう哀愁《あいしゅう》が漂《ただよ》っている。

「――聞こえただろう？　リネットが多少粗相《そそう》をしたところで、気にする者のほうがきっと少ない。安心して臨《のぞ》むといい」

「これは安心していいんでしょうか……」

母子のやりとりを見届けたアイザックは、ニヤッと悪い笑みを浮かべた。

恐らく、結婚するまで散々邪魔《じゃま》をしてきた（らしい）小舅《こじゅうと》に、仕返しをしている部分もあるのだろう。

とはいえ、一応今日の主催はリネットなので、喜んでいいのかは悩むところだ。せめてレナルドの次ぐらいには、リネットにも関心を持ってもらいたい。

「でも、おかげ様で緊張は少しほぐれました。ありがとうございます」

「それはよかった。さ、そろそろ客人を迎えに行こう」

「はい！」

アイザックが差し出してくれた手に、そっと自分の手を重ねる。

とにもかくにも今日が本番だ。もう悩む時間などない。

参加しないカティアが『せめて支度《したく》は』と気合いを入れて着付けてくれた、いつもより五割増しに豪奢《ごうしゃ》な深紅《しんく》のドレスの裾《すそ》を掴《つか》み、リネットは足を踏み出す。

——さあ、茶会の始まりだ。

＊　＊　＊

そうして気合いを入れて臨んだ茶会だったが、挨拶も案内も拍子《ひょうし》抜けしてしまうほどすんなりと進んでいった。

公爵夫人が『意欲的』だと言っていた通り、今日の参加者たちは皆場慣れしているのだろう。お小言を口にして家の権威を示すよりも、穏やかな雰囲気のまま自分の良さを魅《み》せるほうが得策だとよく知っている。

もっとも、王城のサロンを借りる以上、リネットはケチをつけられるような準備はしていないし、王太子夫妻に最初から喧嘩《けんか》を売るような者もいないだろうが。

（それにしても、貴族の世界って本当にきれいよね……）

着飾った令嬢たちが無事に集まった会場に、リネットは感嘆の息をこぼす。

地味になりがちな冬でもお洒落《しゃれ》を忘れない彼女たちは、誰も彼も愛らしく魅力的だ。加えて、華やかに飾られたテーブルと宝石のような茶菓子が、夢のような世界を作っている。

部屋の温かさも相まって、外の雪景色を忘れてしまいそうだ。

……中身が狩人であるらしいことは、いったん忘れておこう。

「本日は素晴らしいお茶会にお招き下さり、ありがとうございます」

リネットと席を共にしているのは、三人の令嬢だ。いずれも良家で育てられた生粋《きっすい》の淑女《しゅくじょ》たちで、衣装や髪型はもちろんのこと、紅茶を飲むだけの所作《しょさ》すらも洗練されている。

カップやソーサーの良し悪《あ》しはまだ勉強中だが、こうして丁寧《ていねい》に扱われると、それを熟考して選ぶ意味や価値もなんとなく理解できる気がした。

「こちらこそ、このような寒い季節の茶会にお越しいただけて嬉しいです。本来ならば、もう少し暖かくなってからお誘いするべきなのですが」

「とんでもない。今の季節に王都に残っていてよかったです。本格的な社交シーズンになりましたら、皆に自慢できますわ」

にこにこ、と微笑み合う和《なご》やかな会話が心地いい。

女の世界といったら殺伐《さつばつ》としたものしか見なかったリネットには、とても新鮮な光景だ。

「……今のところ問題はなさそうだな。リネット、俺は少しマテウスたちのところへ行ってくるが大丈夫か？」

しばらくリネットの隣《となり》で様子を窺《うかが》っていたアイザックが、一通り会場を見回してから、奥の臨時側近《そっきん》たちが集まっている場所に顔を向けた。

本当なら彼らはアイザックのすぐ傍《そば》に控《ひか》えているべきだが、令嬢たちを怖がらせないようにわざと距離をおいてくれたのだろう。

「はい、こちらは大丈夫です。ありがとうございました」

「なるべく早く戻《もど》る。また後でな」

頷《うなず》くリネットの頬《ほお》を撫でて去っていく姿に、リネット以外からもため息が聞こえる。正《まさ》しく蜜月《みつげつ》と呼べるような甘い空気に、当人のリネットまで酔ってしまいそうだ。

「本当に、仲睦《むつ》まじいご様子で何よりですわ。アイザック殿下のあんなに幸せそうなお姿を拝見できるなんて」

「一時は女性が苦手などという品のない話も上がっておりましたが、所詮《しょせん》は噂《うわさ》でしたわね」

「あはは……」

うっとりと後ろ姿を見送る令嬢たちに、リネットは曖昧《あいまい》に笑って返す。残念ながら、その噂は半分ぐらいは真実だ。

以前のアイザックはとにかく女性を避けており、同性愛者ではと疑われるほど徹底していた。

それには心の傷を原因とした理由があり、リネットもこの件がきっかけで婚約者役として雇われたのだが……今となっては、少々懐《なつ》かしい話だ。

（まあ、今でも思うところはあるかもしれないけど）

そう考えると、今回のような女性だらけの席にアイザックが参加してくれるなんて、以前は絶対にありえなかったことだ。

今も進んで女性に近付くことはないのに、今日はリネットのために随伴《ずいはん》してくれている。

きっと開場からの流れが円滑《えんかつ》に行えたのも、アイザックがついていてくれた効果が大きいはずだ。

「本当に素敵な旦那様です。私にはもったいない方ですよ」

夢見心地でリネットが呟《つぶや》くと、周囲もつられたのか頬を赤く染めて微笑んでくれる。「お熱いですわね」と伝えられた声が、嫌味ではなく祝福する声色だったのも嬉しいことだ。

「お幸せそうで妬《や》けてしまいますわ。……ねえ、リネット様。貴女《あなた》様の幸せを、わたくしにも少しだけ分けて下さいませんか？」

ほんわかと穏やかな空気の中、ふいに一人の令嬢がリネットに向かってスッと片手を差し出してきた。

「分ける、とおっしゃいますと？」

もしや茶菓子の催促《さいそく》かと給仕役を呼ぼうとすれば、令嬢は困ったように首を横にふってから、今度は閉じた扇子《せんす》をリネットの背後へ向けてくる。

その先にあるのは、王妃を中心とした既婚者たちの集まる席であり、端《はし》のほうで青い顔をしたレナルドが紅茶をすすっていた。

（ああ……）

事情を察したリネットは、なんとなく場の温度が下がったのを感じる。

こちらの令嬢……いや狩人は、早速動き出すようだ。もしかしたら、アイザックが離れるのを待っていたのかもしれない。

（まずは三人、か。せっかく良い雰囲気だったのになあ）

リネットは同席している令嬢たちを、表情に出さないように気をつけながら注視する。

一番手として声をかけてきた彼女は、ローラという名だったはずだ。伯爵家の令嬢で、丁寧に巻いた金髪が美しい。顔立ちはキツめだが、充分に美少女だ。

「わたくしもリネット様のような素敵な結婚に憧れているのですが、立場上、何かと制限が多くて。よろしければ、貴女様のお兄様をご紹介いただけませんでしょうか？」

「まあ貴女、なんて厚かましい！」

「そうよ、抜け駆けは許さないわ」

（皆さん、今日は切り替わりが早いわ……）

令嬢たちの化けの皮が目の前ではがれていくのを見て、予想はしていたが悲しくなってしまう。せめてもう少し楽園の景色を楽しみたかったが、狩り場に癒《いや》しを求めるのは最初から無理な話だったようだ。

「不躾《ぶしつけ》な者が失礼いたしました。ですが、お恥ずかしながら良い縁談を望んでいるのは事実なのです。紹介を、とまでは申しませんので、お兄様のお好きなものをお伺《うかが》いしてもよろしいでしょうか？」

ローラを諫《いさ》めた隣の女性が、やや遠慮がちに質問してくる。だが、彼女の目もまた狩人らしい闘志が燃えているし、なんならリネットの席にいない令嬢たちも、紅茶を飲みながら思いきり聞き耳を立てているのがわかる。少し離れた席には、先日自分の真珠のネックレスを勧《すす》めてきた行儀《ぎょうぎ》見習いの姿まで見てとれた。

「一応確認させていただきたいのですが、皆様のおっしゃる『私の兄』は、レナルド様でお間違いないですか？」

「はい！　ブライトン公爵家ご嫡男《ちゃくなん》のレナルド様で間違いありませんわ。あんなに素敵な方に婚約者がいらっしゃらないなんて、もしやアイザック殿下の部隊には、そうした禁欲的な規則があるのでしょうか？」

「い、いいえ、そういうものはないと思いますよ。皆様、お仕事に実直なだけです」

「まあ、ますます素敵……」

今度はレナルドに恍惚《こうこつ》の視線を向ける令嬢たちに、リネットはこっそりと胃を押さえる。

アイザック直属隊の者に独身が多いのは、女性に近付けなかった彼に巻き込まれていたからだ。主人が結婚した今、彼らもまた相手を探しているので、今日の会場警備係はご褒美《ほうび》的な意味も兼ねているとリネットも聞いている。

（今更《いまさら》、アイザック殿下の『体質』がバレることもないとは思うけど、念のため注意しなくちゃ。レナルド様は大丈夫かしら？）

リネットが再び視線を向けると、レナルドは母親たちからの売り込み攻撃にあっているようだ。ある意味令嬢よりも苛烈《かれつ》なそれに、彼もだいぶ押されている。

劣勢に令嬢たちを追加するほど、リネットも鬼ではない。だが、レナルドを絶対に紹介して欲しい彼女たちの対応はどうしたものか。

「リネット様、お兄様はどんな女性を好まれるのかは、ご存じですか？」

「えっ？　ど、どうでしょう。レナルド様と、そういう話をしたことがないもので」

「でしたら、リネット様はどんな女性なら義姉《あね》として迎えたいと思われますか？」

「ええ……」

リネットが迷っている間にも、狩人たちの勢いは止まらない。爛々《らんらん》と目を輝かせる様は、もはや戦場の女傑《じょけつ》だ。

せっかく来てくれた客人なので楽しんで帰ってもらいたいとは思うが、かといってレナルドに関わることを適当に伝えるのもよくない。

（どうしよう、ご令嬢の元気の良さを甘く見ていたわ！）

せめてアイザックが戻ってきてくれるまでは、穏便に当たり障《さわ》りなく答えよう、と決意した直後――彼女たちの背後に、豪奢な黄色のドレスの裾が翻《ひるがえ》った。

「皆様がた、殿方が気になるお気持ちはわかりますが、王太子妃殿下にその態度は失礼ではありませんか？」

女性にしてはやや低い、凛《りん》とした諫言《かんげん》の声に、昂《たかぶ》っていた令嬢たちも一斉にふり返る。

そこに立っていたのは、二人の女性。内の一人はリネットと同じ茶色の長い髪を華やかに巻いた美女――にしか見えない身内だ。

（兄さんっ⁉　姿が見えないと思ったら、女装で参加してたの⁉）

実兄《じっけい》のまさかの姿での登場に、リネットは言葉を失ってしまう。

グレアムは常日頃から気配を消している暗殺者気質なので、今日もそうしているとばかり思っていたら、女性に紛《まぎ》れて参加していたらしい。

その姿は相変わらず様になりすぎており、着飾った令嬢ばかりの会場だというのに、浮くどころか美しさに嫉妬《しっと》したくなるほどだ。

「ちょっと兄さん、何してるの？」

リネットが彼にだけ聞こえる程度の小声で訊《たず》ねると、しっかり聞きとったグレアムが片目を閉じて応えてくれる。

どうやらこの場を助けてくれただけではなく、兄には考えがあるようだ。

「皆様は、ブライトン公爵令息にたいへん関心があるご様子。でしたら、直接ご本人に聞いてしまえばよいのですわ」

「ええっ⁉」

ならば兄に任せよう、と思った矢先に、グレアムの口からとんでもない言葉が出てきた。令嬢たちはそれができないから、わざわざリネットのもとに集まっていたというのに。

（……いや、違う。兄さんならできるんだわ！）

彼女たちと同じように考えて、途中でリネットも気付いた。

グレアムはこんな姿だが、男でありレナルドと同部隊で、さらに小舅仲間だ。

交流が全くなく、初対面を少しでも良く見せたい令嬢たちとは根本的に違うのだ。

「あ、あの、貴女お待ちになって！」

戸惑《とまど》う令嬢たちを横目に、グレアムは颯爽《さっそう》とレナルドのもとへ近付いていく。

「あ」

そして次の瞬間、囲まれていたレナルドがグレアムを見つけた顔といったら、一瞬誰なのかわからなくなるほど喜びに溢《あふ》れていた。

心情を声にするなら『救世主！』あたりだろうか。母親たちの売り込みは、よほど激しかったらしい。

「お待ちしてました、グレ……アディンセル伯爵令嬢」

「令嬢じゃありませんが、ごきげんよう、レナルド様」

若い令嬢（仮）が傍に来たので、母親たちも空気を読んで去っていく。

結果、グレアムはわずか数秒ほどで令嬢たちが渇望《かつぼう》したレナルドと話せる席を確保してしまった。しかも咎《とが》められることもなく、レナルドからは満面の笑みで迎えられている。

その行動力は、リネットに仲介を頼んでいた令嬢たちにも、大きな衝撃を与えたようだ。

「わ、わたくしも……っ！」

「申し訳ございませんリネット様、少し失礼いたします！」

行っても大丈夫だとわかれば、恐れることはない。令嬢たちは思い思いの武装《ドレス》を掴み、我先にとレナルドのもとへ集まっていく。もちろん、リネットと同席していた三人もだ。

早足でも無様にならないよう、あくまで優雅に淑《しと》やかに。

「す、すごい……」

あっと言う間に人のいなくなったテーブルを見て、悲しむよりも呆《あき》れてしまう。

残念ながら、新米王太子妃に顔を売るよりも、筆頭公爵家に嫁ぐ好機を得るほうが彼女たちには重要だったのだろう。

まあ〝今後の付き合い〟を考える上では、たいへん参考になった。

「なんとも、元気な方々ですね」

「あ……」

ふいに、可愛らしい声が聞こえてふり返る。空《から》っぽになったテーブルの横に、まだ令嬢が一人残っていた。

(兄さんと一緒に来た方、よね?)

グレアムの後ろにいたのでてっきり『梟《ふくろう》』の部下かと思っていたのだが、違ったらしい。

全身が見えるようになった令嬢には、アイザックと挨拶をした覚えがあった。

「貴女は、あちらへ行かなくてよかったんですか?」

「ブライトン公爵令息は確かに魅力的な男性ですが、わたくしはもう将来の旦那様が決まっておりますので」

ふわりと、花がほころぶように微笑んでくれた彼女に、リネットの胸が温かくなる。

ゆるく波打つ青みの強い黒髪に、翡翠《ひすい》の色の垂れ目の令嬢は、まるで妖精のような儚《はかな》げな印象の美少女だ。

装飾よりも布の流れを重視した薄緑色のドレスも、彼女の雰囲気にとても合っている。

「改めまして、ご成婚誠におめでとうございます、リネット様。ハリーズ侯爵家の長女、シャノンでございます」

スッと流れるように淑女の礼を示す令嬢……シャノンに、リネットも冷静を装って返礼する。

ハリーズ侯爵家はかなり力のある貴族で、レナルドたちを除けば今日の茶会でもっとも立場の強い令嬢である。そんな人物が、何故《なぜ》グレアムと一緒に現れたのだろうか。

「ありがとうございます、シャノン様。早々にお見苦しいところをお見せしてしまって、お恥ずかしい限りです」

「そんな、リネット様に謝罪していただくことではありませんわ。きっとあちらの方々は、冬の控えめな生活で加減を忘れてしまったのでしょう。……皆様、あそこまで元気な気質ではなかったはずなのですけれど」

「確かに……」

リネットが視線だけレナルドに向けると、早速彼は令嬢たちに質問攻めにあっているようだ。

その様子は非常に興奮していて、やや淑女らしくないように見える。

特に、先ほども一番手だったローラは、狩人というより肉食獣の如《ごと》き元気のよさだ。

「きっと皆様、レナルド様との同席がよほど嬉しいのではないでしょうか。あの方も、あまり社交の場には出ない方ですから」

「そう、ですね。ですが〝ここがどこであるのか〟も忘れてしまうなんて、困った方々です」

ふふ、と愛らしい声で笑ってはいるが、シャノンの瞳にはどこか冷たい色が窺える。さすがは生粋の高位貴族というところか。

とはいえ、ないがしろにされたばかりのリネットには、ありがたい反応でもある。

「あの方々はブライトン公爵令息にお任せして、よろしければわたくしとお話ししていただけませんか、リネット様。ここは少々賑《にぎ》やかすぎますし」

シャノンが目線で示したのは会場でも一番端の席で、すぐ隣には王妃と公爵夫人が二人だけで座っている。

あまりの美しさに近寄りがたいのか、その隣の席につこうという参加者は一人もいなかった。

もちろんリネットにとっても眩《まぶ》しすぎる特等席だが、直接淑女教育を施《ほどこ》してもらった経験分、他人よりはまだ彼女たちの美貌《びぼう》に耐性がある。

「私でよろしければ、喜んで」

「ありがとうございます！　王太子殿下とのお話を、ぜひお聞きしてみたかったのです」

リネットが了承すると、シャノンはとても嬉しそうに笑ってくれた。リネットを仲介役としか見なかった他の参加者とは大違いだ。

（シャノン様は、優しい方だな……）

ようやく茶会らしいことができる喜びに、リネットの体も軽くなった気がする。シャノンの容姿が着飾りすぎていないのも、たいへん好ましい。

「あら」

リネットたちが近付くと、二人の母も穏やかに微笑みながら迎えてくれた。シャノンも慣れた様子で礼をしているので、面識があるのかもしれない。

美しすぎる貴婦人と妖精のような令嬢に囲まれたリネットは肩身が狭いが、自分の容姿が凡《ぼん》庸《よう》であることなどはもう今更だ。

「さて、と。それで、私とアイザック様のお話、でしたか？」

あえて堂々と席につけば、給仕役がすぐに紅茶と茶菓子を用意してくれる。様子が少し嬉しそうだったので、しっかりした態度は正解だったようだ。

「はいっ！　わたくし、恋のお話が大好きなのです。王太子殿下とは大恋愛の末の結婚とお聞きして、ぜひ一度お話ししてみたくて！」

一方でシャノンは、茶菓子などには一切目をくれず、キラキラした表情をリネットに向けてくる。

政略結婚が主流の貴族には、恋愛に強い関心を持つ者が多いと聞いたことがあったが、シャノンもこちらの手合いだったらしい。

（お話って言うから何かと思ったけど、そういうことね）

先ほど彼女は『将来が決まっている』と口にしていたが、その相手が親に決められた婚約なら、恋愛への憧れもより強くなっているだろう。

恋を叶《かな》えてやることはできないが、せめてリネットの話が一時《ひととき》の娯楽となれるなら、話さない理由もない。

「そうですね……私は行儀見習いとして登城していたのですが、アイザック様が落とされた書類をお届けしたのが初めての出会いでしたね」

「まあまあ！　出会いから運命的なのですね！」

だんだんと昂っていくシャノンにつられて、リネットの脳裏《のうり》にも色鮮《いろあざ》やかな記憶が蘇《よみがえ》ってくる。

——近付いた女性を倒れさせてしまう、呪いのような体質の王子様と、唯一彼に近付けるお掃除《そうじ》女中。

もちろんそれを語ることはできないが、アイザックとの思い出はどれも幸せに満ちていて、口に出すとつい惚気《のろけ》のようになってしまう。

主に魔術師のせいで、リネットも誘拐《ゆうかい》されたり負傷したりと苦難も多々あったが、それらを乗り越えたからこそ今の立場があるのだ。

まあ、残念ながら女としては全く価値を示せていないことがわかったので、この点は茶会の後で反省会必至だが、それはまた別の話だ。

シャノンは口を挟むこともなく、リネットの話を楽しそうに聞いてくれる。

彼女からすれば物語を読んでいるのと同じ感覚なのかもしれないが、その姿勢《しせい》は今のリネットにはとてもありがたかった。

「あっ、私ばかり話してしまって、すみません」

「いいえ、とても興味深いお話でしたわ。わたくしまで幸せな気持ちになれましたもの」

「楽しんでいただけたなら良かったです」

白い頬を赤く染めて笑う彼女は、嘘《うそ》をついているようには見えない。社交辞令が含まれてはいるだろうが、ほんの少しでも彼女の望む話ができていたなら何よりだ。

「えっと、シャノン様は婚約者様とは……」

「まあ、リネット様。わたくしの婚約者様の話を聞いて下さるのですかっ⁉」

「――ん？」

触れないほうがよいだろうかと思いつつも、ついシャノンにも同じ話題をふってみたところ、彼女の翡翠の瞳が、何故かギラリと輝いた。

「もしかして、シャノン様も政略的な婚約ではないのですか？」

「一応、家同士が決めた婚約ですわ。ですが、わたくしの婚約者様は本当に……ほんっっっっっっっとうに！　素晴らしい方なんですの‼」

（あれ――っ⁉）

てっきり相手と上手《うま》くいっていないのかと思ったら、そうではなかったらしい。

華奢《きゃしゃ》な体のどこにそんな力があったのか、シャノンはぐぐっと声を溜《た》めた後に、眩《まばゆ》いほどの笑顔で『素晴らしい』を言い放った。

その熱量たるや、今まで惚気ていたリネットが思わず後ずさってしまったほどだ。実際には座っているので、椅子《いす》が揺れただけだが。

「そうですね、リネット様にばかり語らせてしまっては失礼ですわね！　わたくしの婚約者様の話も聞いて下さいますかっ⁉」

「え、あ、ハイ、ぜひ？」

「ありがとうございます‼」

――もしかして、彼女は恋の話を聞きたかったのではなく、〝惚気話を語れる仲間〟が欲しかったのだろうか。

気圧《けお》されるままにリネットが聞く体勢をとると、シャノンはそれはそれは嬉しそうに細い指を組んで語り始めた。

「わたくしの婚約者様は、研究職についていらっしゃるのです。ロッドフォードでは『男は剣を持ってこそ』という考えの方が多いですが、そうした周囲からの圧力に屈することなく、ご自身の決めた道を進む意志の強い方なのです」

「確かに、貴族のご子息では珍しいですね」

ロッドフォードは〝剣《つるぎ》の王国〟と称される通り、建国の騎士王に倣《なら》って剣術を修《おさ》める者がとても多い。別に義務はないが、貴族の子息のほとんどが幼少期に剣を習っているだろう。

「婚約者様はとても頭が良くて優秀なのですが、それを鼻にかけることもなく、いつも謙虚《けんきょ》な姿勢を心がけていらっしゃる方でして。わたくしも見習わなければと、あの方にお会いする度《たび》に思っております」

有力貴族のハリーズ侯爵家と婚約するのだから、恐らく相手もしっかりとした家柄だと思われるが、それを威張らないのはリネットとしても好印象だ。

貴族の中には『身分の高さこそが正義だ』と民に威張り散らす輩《やから》もいるので、シャノンの相手がそういう手合いでないのは純粋に喜ばしい。

「素敵な方なんですね」

「それはもう！　その上、婚約者様はとても器量の良い方なのです。王太子殿下よりは低いですが上背《うわぜい》もありますし、整った体型をしていらっしゃって……そうですね、神秘的が一番近い表現でしょうか。あの方の瞳に見つめられると、わたくしは胸の高鳴りが止まらなくなりますの！　まるで、魔法にかかったみたいに……」

恍惚のため息をこぼすシャノンは、本当に魅了されたかのように耳まで真っ赤に染まっている。どうやらシャノンの婚約者は、相当な美形らしい。

（神秘的な殿方か。どんな感じかしら？）

アイザックはどちらかと言えば、鋭《するど》い男らしさが魅力の男性だ。また、レナルドも穏やかで優しい顔立ちなので、神秘的とは少し趣《おもむき》が違う。美少女顔のグレアムも違うだろう。

「シャノン様がそこまでおっしゃる方なら、一度お目にかかってみたいですね」

「まあ、リネット様ったら。あの方はわたくしの将来の旦那様ですので、好きになってはダメですよ？」

「私はアイザック様一筋ですから！」

惣気に惣気を返せば、シャノンも納得したように笑ってくれる。意外な流れにはなったものの、近い年頃の女性との恋話は思った以上に楽しいものだ。

「はあ……婚約者様のことを話し始めたら、止まらなくなってしまいますわね。あの方もとても聞き上手《じょうず》なので、お喋《しゃべ》りなわたくしはつい一人で話してしまうのです。ですが、婚約者様はいつも穏やかにわたくしの話を聞いて下さって……。会話を遮《さえぎ》ることも、意見を押し付けることもなく、最後まで静かに付き合って下さるのです」

「それは、とても嬉しい心遣いですね」

「はい！　わたくし、強気な男性があまり得意ではなくて。婚約者様はそうした細《こま》やかな心遣いをして下さるので、ずっとお傍にいたいと思ってしまうのです。今はまだ婚約段階なのでお会いできる時間も限られておりますが、あの方と暮らせるようになる未来が本当に待ち遠しくて！　婚姻には不安も伴《ともな》うと伺っていたのですが、今日お会いしたリネット様がお幸せそうなので、わたくしもますます楽しみになって参りました」

（な、長い……でも、本当に婚約者様のことが好きなのね）

幸せそうに彼のことを語るシャノンを見ていると、こちらまで嬉しくなってくる。

彼を知らないリネットでさえこうなのだから、きっとシャノンの婚約者も同じような気持ちで彼女の話を聞いているのだろう。

(楽しいなあ……今日はシャノン様に会えてよかった)

他の令嬢たちとは残念ながら交流できなかったが、シャノンがいてくれただけでも充分な収穫だ。こうして惚気話ができる機会が、また次にもあればなお良い。

「ずいぶん話が弾《はず》んでいるのね」

そんなことを考えていると、ふいにリネットの上に影がかかった。顔を上げれば、柔らかく微笑んでいるのは義母こと王妃だ。

「申し訳ございません、うるさかったでしょうか?」

「いいえ、二人が仲良くなれたようでわたくしも嬉しいわ。ねえ、シャノンさん」

「はい。お久しぶりです、王妃様」

立とうとしたリネットとシャノンを、王妃はやんわりと制してまた微笑む。やはり、王妃とシャノンは面識があるようだ。

「リネットさん。シャノンさんの婚約者には、貴女ももう会ったはずよ?」

「そうなんですか!?　初耳です。一体、どなたが……」

「マテウスよ」

「――――はい？」

続けて、王妃があっさりと告げた答えに、リネットの頭は一瞬考えることを放棄《ほうき》した。

マテウスという名前の男性に、つい最近会った覚えは確かにある。王弟の子息なので、ハリーズ侯爵家との家格の釣《つ》り合いもばっちりなのだが……。

（マテウス様ってあの前髪の人よね⁉　あの方が、シャノン様の言う婚約者様⁉）

シャノンの語った素晴らしい婚約者様像と、リネットが覚えているマテウスの姿が、どうしても一致しない。

シャノンのいう謙虚な姿勢とは、グレアムを介さなければ聞こえない声のことなのか？　神秘的な容姿とは、あの繁《しげ》った前髪のことなのか⁉

（ご本人は今日会場にいるはずよね！）

リネットが周囲を見回せば、ちょうどこちらを窺っていたアイザックたちと目が合った。

困ったように眉を下げる旦那様と、その横に立つもっさりとした赤髪の男性。

さすがに本番は起きていてくれたらしいマテウスは、リネットに向けてぺこぺこと頭を下げていた。繰り返す口の動きは『すみません』だろうか。

「もしかして、シャノン様は全部ご存じだったのですか？　マテウス様はつい最近、アイザック様の臨時補佐役にきて下さっているのですけど……」

「もちろん存じておりますよ。その件も踏まえて、リネット様とは妻同士、仲良くできればと

思いまして……あら！」

動じた様子もないので、シャノンは全て知っていたようだ。リネットの視線の先にマテウスがいると気付くと、胸の前に構えた手を高速で横にふっている。

どうやら彼女は本当にマテウスの婚約者で、本当に彼が『神秘的で素敵な殿方』に見えているらしい。

（ひ、人様の幸せに口を挟むつもりはないけど……！）

アイザックが側近に迎えようとしているマテウスなので、生活習慣はともかくとしても、人格には問題ないはずだ。

ただ、そう。目の前の妖精のような愛らしい美少女が、あのもっさりとした前髪の隣に並ぶのはもったいないのでは、と余計なことを考えてしまっただけで。

（髪型さえ整えて下されば素敵なのに。本当にもったいないわ）

まあ、マテウスは公式の場では髪を整えているそうなので、きっとお似合いのはずだ。今日の席で『雑用係』を志願したのは、それをしたくなかったからなのかもしれないが。

「……ふう」

突然の展開に喉《のど》が渇《かわ》いてしまい、リネットは用意された紅茶を一気に飲み干す。だいぶ冷めていたが、王家御用達《ごようたし》の店から仕入れているだけあり美味《おい》しいお茶だ。

「ああ、そうです。飲み物と言えば……失礼しますね、リネット様」

　そんなリネットの様子を見て、シャノンはドレスの横に手を差し込む。出てきたのは、明らかに毒々しい色の丸薬《がんやく》で満たされたガラス小瓶《こびん》だ。

「そ、それは？」

「婚約者様……マテウス様が、わたくしのために調合して下さった美容薬なのです。お近付きの印に、リネット様もお一ついかがですか？」

「人が飲むものとして大丈夫な色なんですか⁉」

　丸薬は、貧乏ゆえに食べられる雑草をなんとかしてきたリネットですら、思わず躊躇《ためら》ってしまうような恐ろしい色をしている。

　しかしシャノンは慣れた様子で一粒掴むと、あっさりと口に放り込んでしまった。マテウスの腕をよほど信用しているのだろう。

「苦《にが》くないんですか？」

「一瞬ですし」

　味がまずいことは否定しないようだが。とはいえ、顔をしかめたりすることもなく、優雅な手つきで紅茶のカップを手にとる。お互い話に夢中で手付かずだったそれは、リネットのものと同様に冷めきっているはずだ。

「シャノン様、それはもう冷たいですから、新しいものをお願いしましょう」

「このままで大丈夫ですよ。お気遣いありがとうございます」

こちらに気付いた給仕役がすぐにポットを用意してくれるが、それよりもシャノンが口に運ぶほうが早い。

先ほどの丸薬と比べれば、味に問題はないとは思うが――。

しかし次の瞬間、シャノンの体が何の前触れもなく傾《かたむ》いた。


「…………え？」

カチャン、と。不自然にテーブルに戻されたカップが、陶器特有の音を立てて転がっていく。

そのすぐ隣、クロスに広がるのは青みを帯びた柔らかな黒髪で、こぼれた紅茶が染みていくのに避《よ》けようともしない。

――シャノンが、テーブルに伏して、倒れている。

「……ッ!?　シャノン様!!」

状況を理解した瞬間、リネットの口から悲鳴のような声がこぼれた。

異様な声に周囲からも視線が集まるが、構わず彼女に駆け寄り、伏した顔をゆっくりと横へ向ける。

呼吸はあるが、かなり浅い。まぶたは閉じられたまま、ピクリとも動かない。

「ど、どうしよう……なんで急に」

症状がわからない以上、体をゆすったりすることはできない。再度名前を耳元で呼んでみるが、シャノンが反応する気配もない。

ほんの何秒か前まで普通に話していたのに、一体何が起こってしまったのか。

「シャノン！」

マテウスにも見えていたのだろう。しっかりと聞き取れる声量でシャノンを呼びながら、ひどく慌《あわ》てた様子で席へと駆け寄ってくる。

リネットのもとにはアイザックがつき、囲まれていたレナルドやグレアムも、妙な雰囲気に軍人の顔つきになって立ち上がっている。

「リネット、一体何が起こった？」

「わ、わかりません。本当に突然倒れてしまわれて」

だんだんと会場も騒々しくなってくるが、シャノンはその声にも反応しない。

直前に飲んだものは冷めた紅茶だが、全く同じものをリネットも飲んでいる。リネットが平気だったので、原因として考えるなら〝その前〟の可能性のほうが高そうだ。

「あの、マテウス様。シャノン様が倒れる直前に、貴方が調合したという薬を飲んでいたのですが、こちらに見覚えはありますか？」

「薬？　……あ、僕の……です」

リネットがテーブルの小瓶を差し出すと、マテウスは深く頷いた後に、中身を数粒一気に飲み干した。

いきなりの行動に驚いてしまったが、彼は空っぽの口内を見せて平気であることを示してくる。外見はひどい色だが、本当に美容のための薬だったらしい。

「……アイク兄さん、これ……」

「同じものか？」

続けて、シャノンのものと全く同じ小瓶を取り出すと、マテウスはそれをアイザックに委《ゆだ》ねた。身の潔白の証明ということだろう。

「わかった、これは俺が預かろう。だが、薬が関係ないなら何が原因だ？」

先ほどの状況を考えれば考えるほど、原因はさっぱりわからない。

(考えられるのは、シャノン様に何か持病があったとか？　でも、直前まで元気に話していたのだから、発作《ほっさ》だとしても急すぎるわ)

特に視力にだけは自信があるリネットが、倒れるような兆候を見逃したとは考えにくい。

色々と考えてはみるが、これだというものは全く浮かんでこない。リネットが悩んでいる間も、アイザックや部下たちが周囲の検分を進めていく。

「………？」

そんな中、クロスにこぼれた紅茶に顔を近付けたマテウスが、訝《いぶか》しげに首を傾《かし》げた。シャノンは吐《は》いたりもしていないはずだが……。

「担架《たんか》です、通して下さい！　隣の部屋に医師が待機しております」

「あっ」

リネットが訊ねる前に、アイザックの部下たちが担架を持って駆け込んでくる。

幸いといっていいかは微妙だが、アイザックの『体質』の被害を知っている彼らの手つきは、非常に慣れたものだ。

「ハリーズ侯爵令嬢だ、慎重に頼む」

「かしこまりました」

たくましい腕が、シャノンの体を担架に横たえる。先ほどまで楽しく笑っていた彼女が、人形のように真っ白な顔で運ばれていく。

「…………」

途端《とたん》に、空《むな》しさと無力さがリネットの胸の中に広がっていく。

彼女の一番近くで一緒に笑っていたのに、何もできなかった。

もしかしたら、リネットにできることがあったかもしれないのに。

「リネット」

「あ……」

背に添えられた大きな手の感触に、リネットははっと現実に戻ってくる。

温かさに顔を上げれば、心配そうにこちらを見る紫水晶が見える。そのすぐ後ろからも、リネットを支えてくれるような同じ宝石がもう一人微笑んでいた。

「リネットさん、まずやるべきことがあるでしょう？」

優しく告げられた言葉に、ようやく気付く。

そうだ、リネットはこの茶会の主催者だ。自分が落ち込んでしまっていては、参加してくれた皆に申し訳が立たない。

(何をやっているの私。主催者がするべきことをしなくちゃ！)

ぐっと強く拳《こぶし》を握りしめてから、リネットは会場の中心へ向かって足を踏み出す。

そして、その場で――深く頭を下げた。

「リ、リネット様……？」

途端に周囲から戸惑いの声が聞こえてくるが、しばらくはそのまま姿勢を保《たも》つ。

「お騒がせしてしまい、申し訳ございません」

数秒待ってから、リネットははっきりと謝罪を口にした。

もしかしたら、シャノンの体調が悪かっただけで、何も問題はないかもしれない。

だが、今日の主催……〝責任者〟はリネットだ。このざわついてしまった状況の責任は、リネットが負わなければならない。

「先ほどの状況につきましては、私どもで調査をした後、皆様にご報告させていただきます。どうか、今しばしお時間を下さいませ」

同時に、真実を確かめるのもリネットの仕事だ。顔を上げたリネットは、目をしっかりと開いて、皆に向ける。

「…………」

強く、意志を込めた目に、会場内は水を打ったように静まり返る。

誰もが、仲介役としか見ていなかった新米王太子妃を見つめて、次の言葉を待っている。

「今日のお茶会は、大事をとってここで終了とさせていただきます。もし何かお気付きのことがあれば、すぐにお知らせ下さい」

リネットが姿勢を解いて呼びかけると、再び会場内にはざわざわとした喧噪《けんそう》が戻ってきた。

令嬢たちの表情は不安げではあるが、今のところシャノンのように倒れたりする者はいなさそうだ。

対応を見届けた王妃と公爵夫人も、リネットに軽く会釈《えしゃく》をしてから、専用の控え室へと下がっていく。やや動くのが遅れてしまったが、主催としては今の判断で合っていたようだ。

「リネット、お前も顔色が良くない。少し休むといい」

「アイザック様……」

ふと気付くと、近付いたアイザックが再びリネットの背に手を添えていた。まるで支えてくれるような手つきに、つい息がこぼれてしまう。

「お気遣いありがとうございます。ですが、私は皆様が帰るまで見届けますよ。具合も悪くないですし」

「……話があるんだ。マテウス、お前も来い」

断ろうとしたリネットの耳に、いつもよりも一段低い声が囁《ささや》かれる。

はっとしてアイザックをふり返ると、その背後にいたマテウスも、同じように深刻な表情をしていた。

「シャノン様に関係があることですか？」

「ああ。マテウスに話させる」

張り詰めた空気は、状況の悪さを語るようだ。考えたくはないが、シャノンの容体が良くないのかもしれない。

(本当は、全員が帰るまで見届けたいのだけど……)

リネットはもう一度会場に向かって深く礼をしてから、二人とともに下がっていく。

扉と厚いカーテンで区切られた隣室には、会場の声はほとんど届かない。あちらには部下たちの他、まだレナルドとグレアムもいるのできっと大丈夫なはずだ。

「マテウス、気付いたことを教えて欲しい。お前がそういう難しい表情をしている時は、何かに気付いていているが、言い出せないでいる時だろう？」

場が静まるやいなや、アイザックは早速マテウスに話を切り出した。

そういう表情とやらはリネットにはわからないが、マテウスの肩が震えたので、従兄《いとこ》の指摘は当たっているようだ。

「……シャノンが倒れた原因は、紅茶……だと思う」

いくばくか待って、マテウスの口からぽつぽつと声がこぼれ落ちた。リネットでも聞き取れる声量で安堵《あんど》したのも束《つか》の間《ま》、内容は思っていたよりも悪い報告だった。

「シャノン様の体調不良では、なく？」

「どういうことだ？　俺も同じものを飲んだが、何も感じなかったぞ。それに、毒物なら試飲の時点で気付けたはずだ」

アイザックの発言に、リネットも頷く。茶葉を決めた時に、リネットはもちろんアイザックと王妃も同じものを試飲しているのだ。

「――毒物の経口摂取《けいこうせっしゅ》だと、あんな症状にはならない。まずはむせるか吐くかだ」

（えっ⁉）

次の瞬間、マテウスの声量が急に大きくなり、淡々《たんたん》と答えた。

突然の変貌《へんぼう》にリネットは目を瞬《またた》くが、アイザックは気にしていないようだ。

「すぐに効果が出るような強い毒なら、間違いなく嘔吐《おうと》する。接触した唇や顔にも、炎症が出るものが多い。これは毒じゃない」

（確かに、シャノン様は悲鳴一つ上げずに意識を失ったわ）

マテウスが口にする内容はかなり物騒だが、恐らく正しい情報だろう。

それこそ、かつてのアイザックの『体質』のほうが、よほど服毒症状に近い。

「えっと、症状から考えるなら、睡眠用の強い薬を盛られたとかでしょうか？」

「睡眠薬は成分が浮く物が多いから、液体に混ぜるとわかる。シャノンの飲んだ紅茶は、淹《い》れてから時間が経《た》っていたから特に」

リネットの予想にも、マテウスはあっさりと否定を返す。

どうやら彼は、薬学分野の話はきちんと喋れるらしい。おどおどしていた態度も、少しキリッとして見える。

「そもそも、あの場でシャノン嬢のカップに混入させるのは不可能だ。リネットの席は俺が見張っていたし、母上と護衛もすぐ近くにいた」

「ですよね。だとしたら、もっと前から用意されていたもの……？」

混入が難しいのは、リネットもわかっていたことだ。今回の茶会で使ったものは、カップ一つ茶菓子の器一つとっても、全て入念な確認と監視のもとで提供されている。

前とは言っても、監視の目が届かないものなどは——いや、一つだけあった。

「……茶葉？」

リネットの呟きに、マテウスが静かに頷いた。ほっと、息の音が聞こえたのは気のせいだろうか。

「マテウス、お前最初から気付いていたな？」

「気付いて欲しかったから」

「次からは先に言え」

マテウスの反応にアイザックは少々ムッとしているようだが、とにかく、原因は茶葉で正解のようだ。

（紅茶の茶葉は、淹れる直前まで容器にしまわれているのが基本だもの）

空気にさらしておいたらすぐに劣化してしまうので、まずそんなことは誰もしない。混入ができるとしたら、その段階だけだ。

ゆえに、気付いてしまったリネットの体から、血の気《け》が引いていく。

――今回の会場で出した紅茶は、どの席でも同じものだったのだ。もし茶葉が原因だとしたら、参加者全員が飲んでしまっている。

（だけど、王妃様たちと選んだ最高級品よ？）

仕入れも御用達の店一か所からのみだ。何かが起こるとしたら、もっと早くに発見されていてもおかしくはない。

「もしや茶葉が劣化していて、食中《しょくあた》りでも起こしたのか？」

「劣化や酸化は変な味がするからすぐに気付く。今日は舌の肥えた参加者ばかりだったし、アイク兄さんもわかるはずだ。最も可能性が高いのは、浮遊も沈殿《ちんでん》もしない混入物。あの銘柄の茶葉とは〝違う匂い〟がしたから……」

「匂い、だと？」

「あっ！」

アイザックの問いかけに、マテウスはばつが悪そうに俯《うつむ》く。

しかし、すぐに顔を上げると、前髪の奥からまっすぐにこちらを見つめてきた。

「……その、僕は『匂い』には敏感なんだ……。薬ばかりいじってたから、嗅覚《きゅうかく》は……自信があって……」

「嗅覚……」

もとの話し方に戻ったマテウスの答えに、アイザックがぽつりと呟く。〝お前はそれか〟と。

――アイザックの周囲には、信じられないほど鋭敏《えいびん》な感覚を持つ者がすでに二人いる。

その内の一人は、リネット自身だ。狩りで鍛《きた》えた『目』……視力の良さには自信があり、実際に今まで何度も成果を出している。

もう一人はグレアムで、彼は抜群の聴力の『耳』を持っている。これは顔合わせの席で通訳されたマテウスも知っているだろう。

そのため、『鼻』が利《き》く者がいたとしても、もう驚くようなことではない。

「……信じられない、か……でも……」

「いや、信じる。お前がこういう場で嘘をつくとは思っていないさ。何より、今は少しでも情報が欲しい。すぐに茶葉を回収して調査に回そう」

「あ……ありがとう。僕も、協力するから……！」

即座に信用したアイザックに、マテウスの声も若干凛々《じゃっかんりり》しいものへと変わっていく。

そもそも、彼はシャノンの婚約者だ。会場での様子を思い出しても、シャノンを悪く思っているとは考えにくい。その彼女が倒れた場で、嘘をつくはずもないだろう。

（じゃあ、本当に茶葉が原因の可能性が高いの？　なんてこと……）

手がかりを見つけてくれたのはよかったが、状況は良いとは言いがたい。

全員が飲んでしまったものが原因だとしたら、これからシャノンのように倒れてしまう者が出るかもしれないのだ。

「アイザック様……」

「ああ。詳《くわ》しく調べてみないと何も言えないが、参加者の体調については留意《りゅうい》したほうがいいだろうな。混入物が何であれ、体に良いものとは考えにくい」

「そうですね。念のため、皆様にはお医者様に診《み》てもらうように手紙を書きます」

「必要なら俺の名前も使ってくれ。他にできることは……いや、まずは茶葉だな」

いくら新米の王太子妃でも、やるべきことはやらなければいけない。参加してくれた家と人数を思い出しつつ、リネットもしっかりと頷いてみせる。

「マテウス、会場の部下を連れていって構わないから、茶葉を全て回収させてくれ。調査機関にはお前のほうが顔が利くだろう。必要なら、通訳でグレアムも連れていけ」

「…………！」

マテウスもまた、指示に首肯《しゅこう》すると急いだ様子で会場へ戻っていった。

女装姿ではあるが、グレアムがいるので回収指示も伝わるだろう。

「アイザック様、私も下がらせてもら……っ!?」

リネットもすぐ行動しようとするが——マテウスの姿が見えなくなった途端に、リネットの腕が強く引き寄せられた。

抵抗する間もなく、次の瞬間にはアイザックの腕の中だ。

「ど、どうなさったんですか？」

「…………」

頬に伝わってくるアイザックの鼓動が、驚くほどに速い。

幼少から慣らしてきたアイザックは、毒や薬にはある程度耐性があると聞いている。なので、今回も彼は問題ないと思ったのだが、違ったのだろうか。

「まさか、アイザック様も具合が悪いんですか!?　すぐにお医者様を！」

「いや、大丈夫だ。そっちじゃない」

リネットが慌てて侍医《じい》を呼ぼうとすると、ますます強く抱き締められてしまう。抵抗もできずに見上げれば、アイザックは深く息を吐き出した。

「……悪い。久々に体質が出そうになっただけだ」

「体質が？」

アイザックの『体質』は、十数年の間彼に女性を近付けさせなかった原因そのものだ。近付いた女性を、たとえ実の母親でも倒れさせてしまった呪い。

――その正体は、彼が無意識下で発動していた『魔術』なのだが、正体がわかって以降は制御できており、もうほとんど問題も起こしていないはずだ。

「やっぱり、女性だらけの会場がダメでしたか？」

「それも否定はしないが、怒りの感情はどうしても制御がしづらくてな。せっかくリネットが必死で準備してきたものを、よくも……」

「私のために、怒って下さるんですか？」

「当たり前だ。俺はお前の夫だぞ」

こぼれるのは地を這《は》うような低い声であるのに、リネットの胸はぽかぽかと温かくなる。

茶会自体も残念ながら成功とは言えなかったが、それでも努力を認めてくれる人がいるのは、やはり嬉しいものだ。今回のように、苦手な分野であればなおさらに。

「ありがとうございます。私、絶対に真相をつきとめてみせます！　協力して下さいますか、アイザック様」

「もちろんだ。それから、茶会をやり直そう。公爵夫人には悪いが、次はレナルドたちは外して、ちゃんとリネットが主役の会にしよう。招待客ももう一度考え直さないとな」

「あはは……」

確かに、まともに話せたのがシャノンだけというのも残念な結果だ。王太子妃との顔合わせの場だったはずが、完全にレナルドが主役だったことも否定できない。

そして、その唯一の成果のシャノンが害されたというのだから、今回の一件はますます許しがたい。

(待ってて下さい、シャノン様。必ず原因を見つけて、もう一度茶会にご招待しますから)

新たな友人候補への決意を胸に、波乱の一日はすぎていく。

――これが、また一騒動の始まりだとは知らずに。

3章　違法薬物と恋する令嬢たち

半《なか》ば中止のように終えることになった茶会から、一夜が明けた。

すでにいなくなっている隣《となり》の彼の名残《なごり》を感じつつ、リネットはベッドの中で息をつく。

（結局、私は手紙を書くことしかできなかったわ……）

あの後、念のためリネットも侍医《じい》に診《み》てもらったところ、大事をとって安静にと言い渡されてしまったのだ。

王太子妃として体を労《いた》わることも義務である以上は仕方ないのだが、それでも自分だけがゆっくり転がっているのは申し訳なく思ってしまう。

アイザックは、今朝《けさ》も早くから仕事へ向かっているのだから。

「とは言え、私に薬学の知識はないし……」

「失礼いたします、リネット様！」

二度目のため息を吐《は》き出そうとしたその瞬間、寝室に繋《つな》がる扉が慌《あわ》ただしく開かれる。

やや焦《あせ》った様子で現れたのは、黒いドレスの裾《すそ》を翻《ひるがえ》すカティアだ。

「ど、どうなさったんですか？」

「無作法をどうかお許し下さいませ。アイザック殿下より、『混入物がわかった』と急ぎのご伝言をお預かりしております」

「えっ、もう⁉」

続けて告げられた報《しら》せに、リネットもベッドから飛び起きる。

もっと何日もかかるものと思っていたのに、まさかたった一日で原因をつきとめるとは。調査にあたった者の優秀さに驚くばかりだ。

（今朝は日課もなしにしてもらったもの。すぐに結果を聞きに行かなくちゃ！）

倒れてしまったシャノンの白い顔は、今もハッキリと思い出せる。茶会を台無しにされたことも許せないが、彼女が害されたことはもっと許しがたい。

「すみませんカティアさん、なるべく早めに支度《したく》をお願いできますか？」

「はい、すぐに！」

もう居ても立っても居られなくなったリネットが頼み込むと、カティアからも力強い返事がもらえる。

やがて、ささっと支度を済ませたリネットはすぐに部屋を飛び出した。目的地は通い慣れた場所、アイザックの執務室だ。

「失礼します！　アイザック様、リネット参りました！」

「お、おはよう。早かったな、リネット」

アイザックと部下たちは、早々に駆け込んできたリネットに驚きつつも、すぐに迎えてくれる。王太子妃としてはドレスも少々簡素すぎるが、事情が事情なので大目に見てくれたようだ。

「それで、原因がわかったというのは本当なんですか!?」

「落ち着け愚妹《ぐまい》。服装はともかく、せっかく整えてもらった髪が乱れてるぞ」

「兄さん、私の髪なんて気にしている状況じゃないわよ」

肩で息をしながら中へ進めば、呆《あき》れた様子のグレアムが手鏡を持って近付いてくる。淑女《しゅくじょ》としては失格だろうが、それよりも大事なことがあるのだから仕方ない。髪型は命に関わらないが、シャノンはそうではないのだから。

「……お、おはよう……ます」

「マテウス様……そっか、貴方《あなた》は薬学の！」

グレアムを付き添わせたまま進めば、中央のソファからもっさりとした赤髪の男性が立ち上がる。

そういえば、マテウスは薬学専攻の学者だと言っていた。原因の解明が早かったのは、きっと彼が尽力《じんりょく》してくれたからだろう。

その証拠に、厚く繁《しげ》った前髪の下がやつれているように見える。時間的に考えても、夜を徹して調べていたに違いない。

「すみません、貴方は臨時の補佐官なのに」

「いえ、僕は……しか……で」

リネットが頭を下げれば、マテウスは恐縮した様子で首を横にふる。

今朝は残念ながらボソボソ喋《しゃべ》りのようで、髪を直すグレアムから『こういうことでしか役に立たないので』と通訳が聞こえてくる。

リネットが彼の立場なら取り乱してしまいそうなものだが、婚約者のために〝本当にすべきこと〟をやってくれたマテウスは、冷静さを失わないしっかりした人物のようだ。

「俺もちょうど報告を聞くところだったんだ。リネットも座ってくれ」

「はい、失礼します」

手招くアイザックの横に座ると、少し遅れてやってきたレナルドが二人の背後に立つ。グレアムは向かいに回り、マテウスの通訳役だ。

座り直したマテウスは向かいの三人を確認すると、びっしりと書き込まれた紙をテーブルに広げた。

「これは？」

「……の、です。……が……」

「昨日《きのう》の茶葉の成分を書き出したもの、だそうです。『ほとんどは普通の茶葉と同じでしたが、ごくわずかに、とんでもないものが混じっていました』って……とんでもないもの？」

通訳しつつ訊《たず》ねたグレアムに答えるように、マテウスの指先がある一文を示す。

二重線で明らかに重要そうに書かれているが、内容はたった数文字だけだ。

「えっと、『覚《さ》め草《ぐさ》』で読み方は合っていますか？」

「……リネット様は……ご存……ない、ですか？」

「お恥ずかしながら」

野草にはそれなりに詳《くわ》しいリネットだが、その名前は初めて聞くものだった。何かの植物の通称だろうが、覚えがないので食べられる草ではなさそうだ。

首を傾《かし》げつつ隣を窺《うかが》うと、アイザックをはじめ、他の三人は真《ま》っ青《さお》な顔でその名を見つめていた。

「えっ⁉　そ、そんなに有名な草なんですか⁉」

「まあ、な。知らないほうがいいかもしれないが」

どうやら知らなかったのはリネットだけのようだ。部屋の隅《すみ》に立っているアイザックの部下たちも、信じられないものを見たような驚愕《きょうがく》の表情になっている。

「まさか、ものすごく恐ろしい毒草とか⁉」

「いや、昨日も聞いただろう。毒じゃない。それなら、リネットは起きていないはずだ」

「そうだ、私も飲んでいたんでした……」

言いにくそうに苦笑するアイザックに、リネットもはっと口を押さえる。

あの茶葉はリネットだけではなく、茶会に参加していた全員が飲んでいる。もしも毒なら、もれなく全員倒れているはずだ。

(だけど、実際に倒れたのはシャノン様だけ。私も元気だものね)

ならば、彼らのこの反応は何だろう。『覚め草』とは、一体何なのか。

「――『覚め草』は、ある違法薬の通称ですよ。ロッドフォードだけではなく、ほぼ全ての大陸で禁止されているものです」

戸惑《とまど》うリネットに答えたのは、背後に立っていたレナルドだ。

ふり返れば、彼も忌々《いまいま》しいものを見るような目つきでテーブルを睨《にら》んでいる。彼が嫌悪感を隠さないのも、なかなか珍しいことだ。

「違法薬……?」

「これを許可する国はありません。極めて依存性が高い、厄介《やっかい》な〝興奮剤〟です」

無知なリネットのためにマテウスが――ほぼグレアムが通訳しつつ、教えてくれた内容によると――『覚め草』は気分を高揚《こうよう》させたり、悩みをなくしてくれる効果があると言われているいい薬草なのだそうだ。一応薬学的には『精神刺激薬』と呼ばれるらしい。

しかし、依存性と中毒性が恐ろしく高いのと、脳と呼吸器官に多大な被害を残すことから、使用はもちろん、栽培も大陸全土で禁止されているとのことだ。

「そ、そんな恐ろしいものが混入していたのですか!?」

聞けば聞くほど悍《おぞ》ましい話に、リネットの肩が震え上がる。

知らなかったとはいえ、そんなものを飲んでしまったばかりか、招待客にも提供してしまったなど、とんでもない失敗だ。

「……あ、飲む……には、それほど……」

「『覚め草』は、巻き煙草《たばこ》のようにして、火をつけて煙を吸うのが基本的な使い方だな。それで喉や肺を痛めたり、頭がマヒするらしい」

「煙を吸う、ですか？」

アイザックが手を動かしながら説明してくれるが、煙草が身近にないリネットにはいまいちよくわからない。

嗜好品《しこうひん》の一種であることは知っているが、値の張るものなので貧乏なアディンセル領では全く普及していなかったのだ。

（そもそも、むせるために大金を払う意味がわからないわ）

まあ、きっとリネットには理解できないお金持ちの楽しみ方があるのだろう。それよりも、今は『覚め草』についてだ。

「使い方が違っても、飲んで体にいいものではないですよね？」

「酩酊《めいてい》状態に似た症状が確認されているが、症状は人によって差異が出る」

（わっ!?　またいきなり喋った……）

説明だけはハキハキと話すマテウスに、リネットとグレアムは一瞬驚いてしまうが、彼はお構いなく続けていく。

「水に溶かすと、効果の約八割が失われる調査結果が出ている。常飲《じょういん》していなければ、中毒になる可能性は低い」

「よ、よかったあ！」

そして、マテウスのきっぱりとした答えに、執務室に息を吐く音が響き渡った。

リネットだけではなく、聞いていた全員がこぼした安堵《あんど》のため息の音だ。『覚め草』を知っていた者たちも、効果については不安だったのだろう。

「でも、それならどうしてシャノン様は倒れてしまったのでしょう……」

効果が薄いのは何よりだが、そうなるとシャノンの反応は不自然だ。

彼女はほんの数秒前まで普通に会話をしていたにも関わらず、気絶するように昏倒《こんとう》してしまっている。それこそ強く殴《なぐ》られたかのような、突然の反応だった。

しかも、未《いま》だリネットのもとに『目覚めた』という報せが届いていない。楽観視できる状態ではないはずだ。

「…………」

リネットの問いに、マテウスが躊躇《ためら》うように顔を動かす。

「オレが通訳しないほうがいいですか？」

「……はい。僕が、自分で……」

しかし、グレアムを介することはしたくない内容のようだ。

そわそわと手を握ったり開いたりした後、意を決した様子でリネットに向き直った。

「……シャノンは、体質的に受け付けないものが、あるんです。……植物や野菜、木の実も……いくつか。『覚め草』も……多分、ダメで……」

「体質、ですか？」

「ええと……〝不耐症《ふたいしょう》〟という認識でよいかと」

――なんとも聞き覚えのある単語に、マテウス以外の四人は顔を見合わせる。

どうにも自分たちは、『体質』というものに縁があるようだ。良い意味でも、悪い意味でも。

「どういうものかは知っていますが、そんなにひどいのですか？」

「シャノンは……湿疹《しっしん》など外的症状はあまり。ただ、意識障害を起こす可能性があって……昨日も、菓子類は摂取《せっしゅ》していない、ですよね……」

「確かに、何も食べていらっしゃらなかったです」

昨日の茶会では、リネットがこだわった菓子を種類も量も惜《お》しみなく用意させてもらっていた。どの席にも満遍《まんべん》なくいきわたるよう給仕役にも頼んでいたが、シャノンが手をつけるところは一度も見なかった。

『どのお菓子が人気か』をリネットも気にして見ていたので、それは間違いない。

「てっきり、お好きなものがなかったのかと思ってました」

「シャノンは、特別扱いを気にするので……事前報告を、しませんでした。いつも、食べずに誤魔化《ごまか》しますし……」

婚約者の事情を口にする度《たび》、だんだんと俯《うつむ》いていくマテウスに、リネットの胸も痛む。

力のあるハリーズ侯爵家の令嬢となれば、きっと社交の場も多かっただろう。

女性は盛装時に腰を絞るので、ある程度は食べなくても誤魔化せるが、その真の理由を気取《けど》られれば、また面倒な話になりかねない。

だからこそ、今マテウスも彼女の事情を語ることを躊躇っているのだ。できれば、リネットにも隠し通したいことだったから。

(シャノン様はずっと、穏やかな笑顔の下に体質を隠して頑張ってこられたのね)

なのに、昨日の茶会のせいで、その努力を無駄《むだ》にしてしまったかもしれない。

「本当に、なんとお詫《わ》びをしたらいいのか」

「リネット様のせいでは……！　参加を決めたのは、シャノンです。食事の席を避けるのも……限界が見えていました」

リネットが頭を下げると、マテウスは慌《あわ》てて両手をふって否定してくれる。前髪からかすかに見えた茶眼は、しっかりとリネットを見つめていた。

「……むしろ、シャノンを案じて下さり、ありがとうございます……。リネット様の茶会を、中止にさせてしまったのに……」

「シャノン様は被害者です。何より、私のお茶会に来て下さったお客様を心配するのは、当然ですよ」

「……はい。僕も、協力します。犯人を……必ず」

「はい！」

リネットが強く頷《うなず》けば、マテウスの口元がゆっくりと笑った。目が見えないと感情もわからないと思っていたが、それなりに伝わるものらしい。

ただ、やはりもったいないので、シャノンの隣に立つ時は顔も出して欲しいものだ。

「マテウス、喋れるのなら普段からちゃんと喋ってくれると助かるんだが」

「え、あ……ごめ……なさい」

アイザックの一言で柔らかな雰囲気も霧散《むさん》し、マテウスは肩を縮めてまた俯いてしまった。確たる立場があり顔立ちも悪くないのに、本当に色々ともったいない人物である。

「しかし、混入物が本当に『覚め草』なら、楽観視はできないな。レナルド、仕入れ担当者の聴取は終わったか？」

「はい、全員確認がとれましたよ」

気を取り直してアイザックが視線を向けると、仕事用の顔のレナルドがマテウスの報告書の横に紙を並べていく。

こちらは事務的な文章が並んだだけの、いわゆる納品書だ。恐らく、これを受け取りに行ったので、リネットよりも遅く来たのだろう。

「王家御用達《ごようたし》の専門店から、いつも通りに仕入れをしています。城内での保管場所、方法、担当者も全部調べましたが、一切問題はありませんでした」

「となると、次は店の者に確認か」

「すでに使いは出してありますので、もう少々お待ち下さい」

(な、なんて手際のよさ!)

さくさくと進行していく会話に、リネットはぽかんと聞いていることしかできない。いくら名前だけだとしても、主催者としては恥ずべき事態だ。

「申し訳ございません、アイザック様。私が調べなければいけないことなのに」

「夫が妻のために動くのは当然だ。なに、心配するな。リネットも専属の部下ができれば、この程度の指示はすぐにできるようになる」

(ここまで迅速《じんそく》な行動はできないと思うわ……)

もともと優秀な上に、アイザックとレナルドの付き合いの長さが、この阿吽《あうん》の呼吸を可能にしているのだろう。

現に、マテウスも口を開けたまま二人の仕事ぶりを見つめている。

仮にアイザックの部下を借りられたとしても、リネットや別の者ではこうは動かせない。

「まあ、今回はレナルドお義兄様《にい》がオレの仕事まで持っていったからな」

「え？」

ここでふと、通訳を休止していたグレアムがため息をこぼした。

リネットが二人をそれぞれ見直すと、グレアムはひどく呆れた表情であり、逆にレナルドは『しーっ！』と慌てた様子で唇に指をあてている。

「兄さん、どういうこと？」

「ほら、昨日の茶会で縁ができた上に、微妙な事態だろう？　不安を感じているご令嬢たちに連絡を入れろと公爵夫人はおっしゃっているんだが、お義兄様は仕事に勤《いそ》しむことでソレから逃げているんだよ。おかげでオレは手持ち無沙汰《ぶさた》だ」

「やだなあグレアム殿、私は真面目《まじめ》に仕事をしているだけですよ！」

（うわあ……）

主従の絆《きずな》に感心した気持ちが、少しだけ冷めてしまった。

どうやらレナルドは、よほど令嬢たちと付き合いたくないようだ。本来グレアムがやるべき仕事を奪い、二人分忙しくなったほうがマシなほどに。

（茶会の時にマテウス様から仕事をとるのに失敗したから、今度は兄さんなのね）

「レナルド様、それはちょっとよろしくないのでは。マテウス様がこちらに派遣された意味がなくなってしまいますし」

「私だって、逃げたいわけではないのですよ。ですが、肉食獣に狙われた獲物の気持ちを味わうのは、昨日の茶会だけで充分です」

「そ、そこまで……」

端《はた》から見ても元気が良すぎるなあとは思っていたが、よもやそれほどとは思わなかった。

レナルドの整った顔からは血の気《け》が引いてしまっており、嘘《うそ》を言っていないことが見ただけでも伝わってくる。

（あれ？　そう言えば、『覚め草』の効果って……）

ふと、先ほど説明されたばかりの〝精神刺激薬〟の話を思い出す。

実はリネットも、少し妙だとは感じていたのだ。シャノンも指摘していたが、昨日の令嬢たちは異常なほどに興奮していた。

野山を駆け巡っていたリネットならいざ知らず、彼女たちは幼少から淑女として教育されており、優雅で余裕のある女性が〝社交界の正解〟だと知っているはずだ。

だというのに、昨日は元野生児もびっくりの積極性を見せている。

（何人かは王妃様のお茶会でも見かけた方だもの。王太子殿下に会う時よりも昨日のほうが興奮しているなんて、違和感があるわ）

個人的な異性の好みはともかくとして、王太子の前ではちゃんとふるまえた彼女たちが、昨日はおかしかった理由を考えると、やはりそこに辿《たど》りついてしまう。

「もしかして、昨日は『覚め草』の興奮作用が出てしまっていたのでしょうか」

リネットの呟《つぶや》きに、皆もハッとした表情になる。

もっとも詳しいマテウスに視線を向ければ、彼は唇を引き結んで静かに頷いた。

「可能性は高い。初めて使用する薬は、効果が強く出やすい傾向にある」

「八割減でもあんなになるんですか……甘く見ていましたね」

近くでその様子を見たレナルドは、焦りを隠しもせずに額《ひたい》を押さえている。彼は令嬢のみならず、その母親たちの高揚具合も体感したのでなおさらだろう。

まあ、女性を一切近付けなかったアイザックの側近《そっきん》なので、もともと不信気味な部分もあるかもしれない。

それでいきなり『狩り場』に連れ出されたら、逃げたくなる気持ちもわかる。

「より調査を急ぎましょう。私の心の安寧《あんねい》のためにも！」

若干《じゃっかん》私情を挟みつつも、鬼気迫《ききせま》る様子のレナルドに皆もしっかりと頷いて返す。

効果の恐ろしさがわかった以上、出回ってしまったら国を揺るがす一大事だ。

（それと、レナルド様にはお淑《しと》やかで大人《おとな》しい女性を探さなきゃね。シャノン様が独り身なら、ちょうどよかったのだけど）

妖精のように儚《はかな》げで可憐《かれん》な彼女の容姿を思い出し、しかし同時に、『愛し《いと》の婚約者様』への愛を語る姿も蘇《よみがえ》る。

うん、シャノンではダメだ。容姿はともかく、彼女はマテウスのことが好きすぎる。

レナルドにはまた別の、彼に相応《ふさわ》しい相手を探さなければ。

「調査は重要だが、お前の婚姻話がなくなるわけではないからな、レナルド」

リネットが考えている間にも、アイザックから念を押すように忠告がとぶ。

「グレアム殿が女性なら、すぐに済む話なんですよね。顔は完璧《かんぺき》なんですから、この際性別を偽装して二人でやりすごしません？」

「それを真顔で提案してくる辺り、本気でヤバいので休んで下さいお義兄様！」

一方のレナルド本人もだいぶ心配な状態で……問題はまだまだ山積みである。

＊　＊　＊

『覚め草』の正体発覚からしばらく経《た》った頃、茶葉を購入した専門店の店主が城にやってきたとの報せが入った。

彼らの聴取にはレナルドが向かうことになったのだが、この場にはリネットも同席させてもらえるように頼んでいる。

いきなり王太子妃が出るのはどうかとは思ったが、今回はことがことだ。何より、御用達の店なら今後も付き合いがあるだろうし、顔を覚えておいて損はない。

待っている間に支度をしっかりと直してもらったリネットは、華やかな深紅《しんく》のドレスをまとって彼らが待つ部屋へ向かったのだが――通された部屋で真っ先に飛び込んできたのは、二人の男が床に額《ぬか》づく姿だった。

「あ、あの？」

リネットが訪れることは事前に伝えてもらってはいたが、さすがに大げさだ。跪《ひざまず》くならまだしも、頭を地面につけるなど敬意の姿勢《しせい》ではない。

しかも、ここは国王が使う謁見《えっけん》用の特別な部屋でもなく、普段から取引に使っている一室なのだ。これほどかしこまる必要はないはずである。

「つまり、今日《きょう》呼び出された理由に、覚えがあるということですか？」

先行していたレナルドが訊ねれば、片方の男がビクリと大きく肩を震わせる。

まさか、茶葉の専門店の者が混入をするとは考えたくはないが、何かしら心当たりはある、ということなのだろう。

「とにかく、顔を上げなさい。こちらもそういう姿勢で話を聞かせてもらいます」

「レ、レナルド様……」

彼の鋭《するど》い声は、話を聞くというより完全に尋問《じんもん》だ。

リネットが制止しようとするが、護衛でついて来ていたグレアムがそれを止める。兄の表情も、かなり険《けわ》しい。

「……失礼、いたします」

促《うなが》された二人が、ゆっくりと顔を上げる。

一人は明らかにやり手な雰囲気の初老の紳士、もう一人は震えっぱなしのまだ若い青年だ。双方顔色が悪く、罪悪感が全身から滲《にじ》み出ている。

「それで？　貴方がたは何をしたのですか？」

「我々は神に誓って何もしておりません。いつも通りに注文のお品を納めました。ですが、いつもとは違う加工業者から仕入れた物でしたので、もし何か問題が起こったならば、店を預かる者として説明する義務があると思っております」

顔色の割にはしっかりとした口調で話す紳士……改め店主の男は、なおも床に膝《ひざ》をついたまま、姿勢を正した。嘘をつくには堂々としすぎた佇《たたず》まいだ。

「違う仕入れ先、ですか？　続きを」

レナルドが再び促すと、店主は眉をひそめながら語り始める。

――いわく、彼の隣にいる若者が、王城に納品するはずだった茶葉の管理を誤《あやま》り、品質を落としてしまったらしい。

当然そんなものを出すわけにはいかないが、冬は消費が多いために仕入れが間に合わず、困っていたところに今回の加工業者が声をかけてきたのだそうだ。

新参なのでまだ取引先がないという彼らだったが、卸《おろ》してくれた茶葉はちゃんとしたものだったので、今回はそれをリネットの茶会用に納品した、ということだ。

「もちろんこちらで検品いたしましたし、わたくしが試飲もいたしました。問題がなかったので、お納めしたのです」

「まあ、マテウス殿も〝ほとんど普通の茶葉〟だと言っていましたからね」

専門店とはいえ一店舗と、薬学を専攻しているマテウスとでは、調査に使える機材も違うだろう。今回の混入物は、店では判別できなかったということだ。

あるいは、匂いだけで何かを掴《つか》んだマテウスの嗅覚《きゅうかく》が、少々異常なのか。

「今は『何かあった』としかお伝えできません。ですが、もし責任を感じておられるのならば、関係する物品を提出していただけますか？」

「もちろんです！　用意のために参上が遅くなってしまいましたが、かの業者から仕入れた茶葉は全て持って参りました。関わる書類と帳簿もこちらです」

「話が早くて助かります」

店主は厚い束を取り出すと、躊躇いなくレナルドに差し出した。

彼の動きを見る限り、混入物を仕掛けるような者にはやはり見えない。むしろ、貴重な客を失うことを恐れているようだ。

彼らが協力の姿勢を見せてくれたので、その後の聴取は軍部に引き継ぎ、リネットたちはアイザックのもとへ戻《もど》ることになった。

結局何もできなかったが、王太子妃が関心を示しているという印象を残すだけでも、意味があると願うばかりだ。

「おかえり、リネット」

ほどなくして執務室へ戻れば、アイザックが手ずから扉を開けて迎えてくれる。彼が先ほど一緒に来なかったのは、執務室で片付ける仕事があったからなのだが。

(私を迎えに出てくれるってことは、終わったのかしら)

何気なく部屋の中を覗《のぞ》くと、中央のテーブルでマテウスが書類を片付けていた。その手際は、外から見てもかなり早い。

アイザックでなければダメなものはともかくとして、学者だからと心配していた彼は、思ったよりもアイザックと相性がよさそうだ。

夜を徹して調査をしていたはずだが、今日は今のところ船をこいでいる気配もない。

「殿下、マテウス殿に仕事を押し付けたのですか?」

「ち、ちが……!　……が僕の……」

『『違います。これが僕の役割ですから』だそうですよ。アイザック殿下、『計算と誤字の確認ができたから、提出しても構わないか』と聞かれています」

早速通訳に入ったグレアムに、なんとも言えない微妙な気持ちがこみあげる。

有能だと感じたばかりだが、薬が関わらないマテウスは、ボソボソ喋りのままらしい。

「もう終わったのか？　さすが学者は違うな。早くて助かった。マテウスが手伝ってくれれば、レナルドに見合いの時間を作ってやれそうだ」

「ぐっ……」

ともあれ、仕事ができるのは間違いなさそうだ。別のところで火種になりそうだが、それはもう諦《あきら》めてもらうしかない。

通常公務が円滑《えんかつ》に進めば、茶会の件にその分時間が割《さ》ける。リネットとしては、たいへんありがたい話だ。

「それで、店主はどうだった？」

「あ、はい。彼やお店は、多分混入には関わっていないと思います。仲介役になってしまったようですが、恐らく何も知らないのではないかと」

気を取り直して、リネットが書類と帳簿を差し出すと、アイザックの眉間《みけん》に皺《しわ》が入った。王家御用達の店ならば、付き合いが長かったのかもしれない。

ただ、品質管理での失態も明らかになってしまったので、恐らく御用達の看板は剥奪《はくだつ》されてしまうだろう。

「――名前はハームワース、か。確かに聞いたことのない業者だな」

全員が執務室に入ると、アイザックは慣れた手つきで伝票を確認していく。

幸い、あの茶葉を納品したのはリネットの茶会一回分だけのようだ。参加していた人間の立場の高さを考えれば全く楽観視はできないが、被害は少ないに越したことはない。

「アイザック殿下、これ〝グロ〟です」

「いきなりだな」

そんな中、伝票の一枚を見たグレアムが、すぐに指先を名前へと走らせた。

納品の内容ではなく、業者の名前と――連絡先が書かれた部分だ。

「この住所に、建物は存在しません。書き間違いでなければ、ここは山の途中の坂ですよ」

「よ、よくわかるわね、兄さん」

「国内を走り回るのがオレたちの仕事だからな。真偽はすぐに調べられますので、お任せを」

アイザックが了承するよりも早く、グレアムはすっと手を挙げて指を動かす。

恐らく近くに『梟《ふくろう》』の部下が控《ひか》えていたのだろう。相変わらず、怖いほどの気配のなさだ。

「わかり次第《しだい》すぐに報せてくれ」

「了解です。レナルドお義兄様は、少し休みますか？　昨日オレの仕事もやっていただいた分、釣書《つりがき》を吟味《ぎんみ》する時間にあてていただいても大丈夫ですよ？」

「……グレアム殿は、そんなに私を肉食獣の餌《えさ》にしたいのですか？」

「冗談ですよ」

グレアムなりに場を和《なご》ませようとしたようだが、レナルドは不服そうに顔をしかめている。

昨日の茶会は、本当に応えたらしい。

レナルドのことはさておき、もしグレアムの指摘通りに住所が嘘だとしたら、業者が偽者の可能性はグッと上がってしまう。

新参ならば特に、名前や住所といった基本情報は大事な部分だからだ。

そして、さらなる懸念《けねん》事項は、あの茶葉がリネットの茶会で使われることを知っていて、『覚め草』を混入させたのかどうか、だ。

(私たちを狙ったものなのか、それとも無作為《むさくい》なものなのか)

昨日の茶会には主催の王太子妃はもちろん、王太子や王妃、社交界の女王と筆頭貴族の次期当主、さらに表には出ていないが王弟の子息までもが参加していたのだ。

正直なところ、誰が狙われてもおかしくはない。

(立場が高くなると、こういうことを心配しなければいけないのね……)

護衛どころか使用人が一人もいない生活をしてきたのに、変わりすぎた現状に胃が鈍痛《どんつう》を訴《うった》える。

これが、アイザックが生きてきた世界で、リネットが生きていく世界だ。

(――恐ろしいな)

弱音を吐くつもりはないが、王太子妃になって早々というのは、なかなか応える。

……いや、違う。もしもリネットが狙われたのなら、新米〝だからこそ〟だ。

行儀《ぎょうぎ》見習いたちの態度もそうだが、社交界での知名度が全くないリネットは、きっと舐《な》められている。今なら潰《つぶ》せると、そう思われてしまっているのだ。

(なら、この事件をきっちり解決して、私を認めてもらわなくちゃ！)

生まれた時から淑女をやってきた令嬢たちに、所作《しょさ》で敵《かな》うとは思っていない。それなら、別の部分でアイザックに相応しいと皆に認めさせるしかない。

幸いというのもおかしいが、リネットは命が危うくなる出来事を何度も体験し、その全てを生き延びている。

今回も今まで通り、リネットが持てる全ての力で生き延びてみせるまでだ。

(レナルド様が言うように、相手が本当に肉食獣なら狩れるのになあ)

ふう、と小さく息を吐くと、見計らったかのようにアイザックの腕が肩を引き寄せてきた。

真面目な話をしていたはずだが、何故《なぜ》か彼の口角が上がっている。

「アイザック様？」

「何やら一人で百面相していたが、落ち着いたか？」

「うそっ!?　変な顔をしてたら止めて下さいよ！」

ばっと頬《ほお》を押さえれば、彼から低い笑い声が聞こえてきた。どうやら、あれこれ考えていたことが顔に出てしまっていたようだ。

自分の顔なんて確認のしようがないのに、眺めるだけなんて意地悪な話である。

「レナルド様も、私の淑女らしくない行動はちゃんと教えて下さいよ」

「いやもう、淑女の皮を被《かぶ》った獣よりは、顔に出まくりのリネットさんのほうが全然いいなと思ってしまって」

「諦めないで下さい、師匠《ししょう》！」

「もう淑女教育は母に全権を譲りますよ。私は妹で癒《いや》されたい」

「レナルドは重傷すぎるな……」

かつてアイザックの体質が問題だった頃は、レナルドが貴族たちの追撃を遮《さえぎ》る役を務めてくれていた。だが、いざ自身の縁談となると本当に嫌なようだ。

愚痴《ぐち》っぽいことを言いつつも、ちゃんと手は動いているのがレナルドらしいのだが。

「とりあえず、今のところ他の参加者が体調を崩《くず》したという報告はきていません。今後も随時確認をしつつ、私たちはなるべく急いで『覚め草』の出所を……」

「失礼いたします。王太子妃殿下とファロン公爵令息はいらっしゃいますでしょうか」

ここでふいに、扉の向こうから野太い声に呼びかけられた。

アイザックが入室を許可すると、見慣れた部下の一人がきちっと敬礼をしながら現れる。

「ハリーズ侯爵令嬢がお目覚めになられたそうですので、お伝えに参りました」

「シャノン……！」

告げられた朗報《ろうほう》に、リネットが反応するよりも早くマテウスが立ち上がった。続けて、すぐさまアイザックに前髪で隠れた顔をしっかりと向ける。

もちろん、彼女のもとへ行かないという選択肢《せんたくし》は、リネットにもない。

「行きましょう！」

マテウスに頷いて返したアイザックとともに、リネットも執務室から駆け出した。

＊　＊　＊

シャノンが滞在している客間は、迎賓棟《げいひんとう》ではなくアイザックたちの居住区画にほど近い場所だった。

ちょうどその辺りにマテウスの部屋があるので、それに合わせているらしい。

「シャノン様、リネットです」

リネットが逸《はや》る気持ちを抑えながらノックをすると、すぐに扉が開く。

やや年かさの侍女に促されて入った部屋は、淡い色で統一されたシャノンの愛らしさに相応しい一室だった。

「リネット様！」

三人の入室に気付いたシャノンが、ベッドから上半身を起こす。まだ立つことはできないようだが、思ったよりも顔色は良いようだ。

「このような姿で申し訳ございません」

「とんでもない。お加減はいかがですか？」

「問題ありませんわ。原因だったものは、お医者様が吐かせて下さったそうですので」

可憐な顔立ちに憂《うれ》いが浮ぶと、ますます儚げな印象が強くなる。今のシャノンは、風が吹いたらかき消えてしまいそうだ。

「ごめんなさい、シャノン様。辛《つら》い思いをさせてしまって」

「そんな、何故リネット様が謝るのです？　謝罪をするべきなのは、貴女《あなた》のお茶会を汚《けが》してしまったわたくしのほうです。……わたくしの体質のことは、もうお聞きになったのでしょう？ちゃんとお伝えしなかった、わたくしが全て悪いのです」

「いいえ、そもそも混入物に気付けなかった私の責任ですから……」

「二人とも、落ち着け」

責任を主張するリネットたちの間に、二人分の赤い頭が割り込む。

そのもっさりしたほうを視界に入れた途端《とたん》に、シャノンの瞳に輝きが点《とも》った。

「……事前報告を怠《おこた》った、僕とシャノンに、責任があります……。でも、倒れたから、混入物に気付けました……。結果的には良かったと、思って下さい……」

てっきりシャノンをかばうのかと思ったマテウスだが、ボソボソと伝えられたのは彼女を悪く言うような内容だった。

シャノンの細い眉も、わずかに下がっている。

「そんな、それでは倒れたシャノン様だけが損じゃないですか！」

「いいえ、マテウス様のおっしゃる通りです。王太子妃殿下のお茶会にお招きいただいたのに、大事な事前報告を怠ったのです。わたくしの自業自得ですわ」

「そんな言い方……」

確かに、シャノンの不耐症に関してはその通りだが、本来ならありえない物が混入していたのも事実だ。

何事もなく終わるはずだったのだから、せめて婚約者のマテウスには、倒れたシャノンを真っ先に労わって欲しいと思ってしまう。

「リネット、大丈夫だ」

つい俯きそうになると、リネットの頬にアイザックの手が触れた。

「アイザック様……」

「俺たちの位置からは見えないが、シャノン嬢のベッドからだと、マテウスの表情が見える」

すっと視線で促す彼に従ってみると、シャノンの目がマテウスの前髪よりも下に向けられていることに気付く。

シャノンの表情は、リネットが気にする必要もないほどに幸せそうで……きっと〝目は口ほどに物を言う〟を体感しているのだろう。

さらに観察すれば、マテウスの手はシャノンの細い腕をそっと握っていた。

（そうよね。心配していないわけでも、仲が悪いわけでもないのよね）

二人の様子に、胸がほんのりと温かくなる。茶会での様子が様子だったので、シャノンの片想いだったらどうしようかと思ったが、案ずる必要はなさそうだ。

「二人とも、リネットが謝るから面子《メンツ》を立てただけだ。心配はいらない」

「あっ……」

アイザックの指摘に、リネットははっと部屋の隅へ向き直る。

そこに控えているのは、先ほどの侍女だ。当然信用できる人物だろうが、『王太子妃が一令嬢にぺこぺこ謝っている姿』を見せるのは、あまりよいことではないだろう。

「すみません。私、また立場を理解していなくて」

「礼や謝罪がすぐにできる人間は正しい。だが、今回の件の場合は、リネットは悪くないんだ。それは忘れないでくれ」

「……はい」

リネットが頷けば、アイザックは包み込むように深紅の外套《がいとう》を肩にかけてくれる。

再びシャノンを窺えば、彼女も嬉《うれ》しそうにマテウスと手を繋いでいた。リネットはもう王太子妃になってしまったが、シャノンたちから学べることはまだまだありそうだ。

（何より、せっかく知り合えたのだもの。もっと色々と話せたらいいな）

それこそ、茶会の時のような明るい惚気話《のろけばなし》ができたら楽しそうだ。話すのももちろん、シャノンの深い愛情語りは聞いているだけでもとても面白い。

それにはまず、シャノンに快復してもらわなければならないが。

「――体質については反省しているようだし、咎《とが》めるつもりはないから安心してくれ。むしろ、シャノン嬢が倒れてくれたおかげで、あれが他に出回る前に調査に着手できたんだ。ほぼ無味無臭の混入物を、よく見つけてくれた」

「もったいないお言葉です。寛大なご配慮に感謝いたします、アイザック殿下」

様子を見計らったアイザックが声をかけると、シャノンはすっと上半身の姿勢を正した。

「ただ、貴女からも話を聞かせてもらいたい。被害者の貴女を疑うつもりはないが、何分情報が少なくてな」

「もちろんです。なんなりとお聞き下さいませ」

アイザックがリネットから離れるのを合図に、マテウスも話を遮らない位置へずれる。とは言っても、あの場にはリネットもいたのでほとんど確認だけだ。

混入物が『覚め草』だったことにはさすがに驚いていたが、それ以外は高位貴族の令嬢らしく、シャノンは質問にはきはきと答えていく。

「ハームワースという名に聞き覚えは？」

「あら？　ちょうど最近聞いたばかりの名前です」

「えっ!?」

　──だがここで、シャノンが思わぬ質問に『是』と答えた。

　大人しく立っていたマテウスも、まさかの返答にベッドに乗りかかっている。

「……シャノン、聞かせて」

「はい、マテウス様！　ハームワース……少し違う気がいたしますが、茶葉の加工業の方とお聞きしました。ある伯爵家のご令嬢が、最近支援を始めたとおっしゃっていたので。恐らくは、新しく起業なさった方ではないかと」

「新参の、茶葉加工業者……」

　店主の言葉や伝票と、完全に一致している。これは無関係ではなさそうだ。

「ちなみに、その令嬢は誰だ？　シャノン嬢のご友人か？」

「残念ながら、それほど親しくはありませんね。あ、ですが、先のお茶会にいらっしゃいましたよ。シャフツベリー伯爵家のご息女です」

「シャフツ……あっ、もしかしてローラ様ですか！」

　リネットが招待客の名前を告げれば、シャノンもしっかりと頷いた。

　全員の名前は覚えていないが、変わった家名だったので記憶に残っていたのだ。

(何より、一番元気だったもののねローラ様。さすがの私でも覚えているわ)

　改めて思い出す金髪の狩人《かりゅうど》に、つい苦笑がもれてしまう。真っ先に紹介を望み、レナルドに食いついていったのがローラという令嬢だ。

もしかしたら、彼女は王太子妃の座を狙っておらず、最初からブライトン公爵家のみを望んでいた一人なのかもしれない。

「繋がりがあるのならすぐに確認しよう。戻るぞ、リネット。マテウス、お前はもう少しシャノン嬢の傍《そば》についているように」

「えっ⁉　でも……まだ仕事が……」

「昨夜は寝ずに調べてくれただろう。また寝ぼけて転ばれても困るし、ここで少し休ませてもらうといい。シャノン嬢、俺の従弟《いとこ》を頼む」

アイザックはリネットの手を取ると、風のような速さでシャノンの部屋を出ていく。

少しだけふり返って見たシャノンが嬉しそうに頭を下げていたので、アイザックなりの情報料だったのかもしれない。

「よかったのですか？　マテウス様がいたほうが、お仕事が捗《はかど》るのでは？」

「少しぐらいは構わん。昨夜に無理をさせたのも事実だしな。それに、俺だってリネットと二人になりたかった」

「あ……」

どうやらシャノンのためだけではなく、アイザックの願望でもあったようだ。そんな風に言われると、掴まれた手が嬉しくて離せなくなってしまう。

（不謹慎だけど、少しだけ）

置いていかれた護衛たちに申し訳ないと思いつつも、手を繋いで歩いた執務室までの道のりは、いつもよりずっと暖かかった。

「ローラ・シャフツベリー嬢が関与しているかもしれない、ですか……」

行きよりも一人減って戻ってきた執務室では、レナルドが生き生きとした様子で指示を出していた。

しかし、その名を聞いた途端に、彼の美貌《びぼう》は面白いぐらいに翳《かげ》ってしまう。

「レナルド様は、家同士のお付き合いはありますか？」

「いえ、ありませんね。名前を知っているだけです」

「珍しい家名ですからね」

レナルドは浮かない顔のまま、小さく息をこぼす。

先日の茶会は、リネットが初主催ということで、参加者の選別には王妃と公爵夫人も協力していた。

つまり、参加者は今後付き合っても安全と認められた家だけであり、シャフツベリー伯爵家ももちろんその一つだったのだ。

王太子妃との付き合いだけではなく、もう一つの意味でも。

「ローラ様とは、仲良くできそうですか？」

「無理ですね。先の茶会で一番元気だった肉食獣ですよ？　グレアム殿が盾《たて》になってくれましたが、サシで戦ったら女性不信になるところです。いくら『覚め草』の影響があったとしても、今はお会いしたくないです……」

（やっぱりか）

真っ青な顔で首を横にふるレナルドは、すでに女性不信になりかけているかもしれない。

リネットとしては、お世話になっている彼には優しくしてあげたいとも思うのだが、残念ながら、今の返答を聞いたもう一人は違う答えを出したようだ。

「なるほど。じゃあ、お前を餌にすれば釣れるな？」

「殿下は鬼ですか!?」

アイザックはあっさりと告げると、すぐさま部下たちにレナルドの仕事の調整を指示している。思うところはあれど、彼らもアイザックの命令では止められないだろう。

「勘弁して下さいよ……これまでずっと貴方に尽くしてきたのに、ここで裏切りますか？　だいたい、殿下だってずっと女性を避けてたくせに！」

「俺の場合は、相手側に迷惑をかけるから仕方なかっただろう。それにレナルド、これだってある意味『仕事』だぞ。協力してくれ」

「あんまりです……」

レナルドの悲痛な声が響き渡るが、実際に事件に関わることなので助けようがない。

何せ、貴族のご令嬢だ。御用達店の店主のように『話があるから城にこい』なんて呼び出せる相手ではない。

確たる証拠もなくそんなことをしてしまったら、それこそ令嬢の面子を潰した責任をとらなければならなくなる。

「お話を聞くとしたら、私がお招きできないかと思っていたのですが」

「令嬢がレナルドに執心《しゅうしん》しているなら、ブライトン公爵夫人の手を借りたほうが確実だろう。昨日の説明がまだできない以上、リネットが招くのは悪手《あくしゅ》だ」

「ですよね……」

昨日の席で『必ず結果を報告する』と大口を叩《たた》いた以上、できれば次の茶会は、全てが終わってからの報告の席にすべきだ。

その前に呼び出したりしたら、これもまた失礼になりかねない。

「貴族との付き合いって、本当に難しいですね」

「それは俺も同感だ。俺の側近が女性受けのいい独身で助かったな」

「私は助かっていないのですけど⁉　……まったく、やればいいんでしょう？　母に茶会でも開いてもらって、怪しい加工業者の話を聞けばいいのですね？　ええ、やりますとも。骨は拾って下さいね‼」

「一体何と戦うつもりなんだ、お前は」

半ばヤケ気味のレナルドは勢いよく礼をすると、『早速母に連絡してきます』と言って執務室から大股《おおまた》歩きで去っていった。

彼に関しては真面目なところも面白いところも色々と見てきたが、あそこまで黒いオーラをまとっている姿は初めてかもしれない。

「レナルド様、大丈夫でしょうか」

「今回ばかりは、本当に国を揺るがしかねない問題だからな。少しでも手がかりがあるのなら、レナルドにはやってもらうしかない」

「それは、確かに……」

違法薬が混入され、しかも国の中枢《ちゅうすう》を担《にな》う者の口に入ってしまっているのだ。

今回は効果が薄い使い方だったらしいが、正しい使い方をされたら大変なことになるのは間違いない。

となると、レナルドには申し訳ないが、体を張ってもらうしかなさそうだ。

「だいたい、シャフツベリー伯爵家も悪い相手ではないぞ。令嬢だって『覚め草』の影響がなければ普通の性格かもしれないしな」

「そうであることを願うしかないですね」

だが再び、リネットの脳裏《のうり》に思い出されたローラに、つい疑問が浮かんでしまう。

彼女は全員に挨拶《あいさつ》を終えてすぐ、アイザックが離れてから何分も待たずにリネットに紹介を頼んできた。開会してから、まだそう時間も経っていない頃だ。

果たして、あの紅茶を飲む時間はそんなにあっただろうか？

「リネット？」

「あ、いえ。できればもう少し、大人しい感じのご令嬢を探して差し上げたいな、と」

「大人しい、な」

まあ、ローラがブライトン公爵家だけではなく『レナルド』を求めているのならば、悪いことにはならないはずだ。そう信じたい。

「リネットに姉妹がいれば、すぐに解決しそうな話なんだがな」

「姉っぽい顔の兄はいるんですが、本物はおりませんね」

「あの小舅《こじゅうと》ども、並べた時の見た目は完璧なんだが。互いに相手探しは難航しそうだ」

アイザックのギリギリの冗談に、執務室にいないグレアムは、どこかでくしゃみをしていそうだ。

もっとも、もし本当にリネットに姉妹がいたとしても、王太子に続いて筆頭貴族にまで嫁がせたら大問題だろう。兄しかいないのは、ある意味幸いだった。

「今はとにかく、今回の一件の解決ですね。ローラ様が悪事に関わっていないことを願いますが、レナルド様とのご縁はご自身で頑張っていただく方向で」

「だな」

まさか結婚して早々に、リネットたちが他者の婚姻話に手を焼くことになるなんて、本当に人生は何が起こるかわからないものだ。

今はただ、彼女の熱意が事件に関わっていないことを願うばかりである。

＊＊＊

波乱の茶会から四日後、リネットは久しぶりにブライトン公爵家の屋敷を訪れていた。

婚約が決まって以降は王城で暮らしてきたが、女主人がしっかりしているこの屋敷は、冬の寒々しい景色の中でも輝いている。

(さすがは公爵夫人ね。私も死ぬまでには、あの頂《いただき》に少しでも近付けるようになりたいな)

偉大すぎる母に感動しつつも、リネットはスカートの裾を踏まないように、そっと太ももの内側へと畳んでしゃがみこんだ。

リネットが屋敷を訪れたのは、もちろんただの里帰りではない。今日この屋敷で、件《くだん》のローラ・シャフツベリー伯爵令嬢を招いた茶会が行われるからだ。

シャノンを見舞ったあの後、レナルドはすぐに公爵夫人に協力を要請し、夫人も迅速すぎる動きでローラに茶会の招待状を送ってくれたらしい。

そしてローラもまた、即行で参加の返信をしたため、異例の速さで席が成立したのである。

未だ手紙一枚書くのにも苦戦しているリネットには、信じられない行動力だ。

（ブライトン公爵家から一人だけ招かれたお茶会なんて言われたら、誰でも全力で返事をするでしょうけどね）

全女性の憧《あこが》れである社交界の女王と、今最《もっと》も注目されている美貌の公爵令息、その二人が自分だけを招くなんていったら断る理由がない。

唯一、アイザックに出会う前のリネットだったら、知識のなさと恐れ多さで断ったかもしれないが、あんな野生児は他にはいないだろう。

とにかく、返信の速さから見ても、ローラはきっと最高に浮かれてやってくるはずだ。

彼女の言動を確認するために、リネットは今、茶会が行われる部屋の隣室で待機している。

装いもドレスではなく、公爵家の侍女から借りた黒地のお仕着せだ。

夫人は『妹のリネットも参加したらいい』と誘ってくれたのだが、より特別感を出すためにリネットは辞退させてもらった。

気遣ってくれた夫人には悪いが、レナルドと縁を結びたいローラにとって、血の繋がらない義妹などいないほうがいいに決まっている。

「それにしても、こんなところに隙間《すきま》があったなんて」

リネットの目の前には分厚い壁があり、隅まできっちりと花柄の壁紙が張られている。

だがよく見ると、足元の一部にわざと隙間が作ってあるのだ。覗き込んだ先に見えるのは、隣室の茶会の景色だ。

どういう状況で使うものなのかは考えたくないが、視力にだけは自信のあるリネットにとって最高の仕事場である。

「レナルド様、今日は軍装じゃないのね」

早速視界に入ってきたレナルドは、いつもの固い雰囲気とは逆の、袖がふわっとした白くて軽い装いで椅子《いす》に腰かけていた。

貴族の衣服にしては装飾が少ないが、飾りがないからこそ彼の素の魅力が引き出されていて、これはこれでよく似合っている。

「もとが良い方は何を着ても似合うのね。……っとと」

義兄《ぎけい》を眺めている間にローラが到着したようだ。

公爵家の使用人たちの聞き慣れた声に混じって、愛らしい少女の声が聞こえてくるのだが……それを聞いた瞬間、リネットは妙な違和感を覚えた。

(なんだか、元気がない？)

てっきり喜び勇《いさ》んで来るものとばかり思っていたローラだが、声に力が感じられないのだ。

そのまま隣室に入ってきた彼女は、やはり声の調子の通りの姿だった。

(この前のお茶会とは、ずいぶん違う……)

髪の美しさが印象的だったローラだが、装いも鮮やかな青いドレスで、リネットには一際《ひときわ》あか抜けたお洒落《しゃれ》な女性に見えたものだ。

だが、今日現れた彼女の顔は暗く沈んでおり、化粧ののりもよくない。

別人ぶりに戸惑っているのか、応対したレナルドも笑顔がぎこちなくなっている。

（まさか、ローラ様も『覚め草』で体調を崩してしまったとか？）

目的とは違う不安が頭をよぎり、リネットはぐっと胸を押さえる。

当日倒れたのはシャノンだけだったが、混入していたのは大陸全土で禁止されるような危険な薬草だ。誰が体に不調を起こしてもおかしくない。

公爵夫人も不審がり、優しくローラに話しかけているのだが……ほどなくして、彼女は泣き出してしまった。

（あ、あれっ⁉　どうしよう⁉）

どちらかと言えば疑いをかけている人物だったので、この反応には驚きだ。

「ローラ嬢、どうか話を聞かせて下さい。一体、何を嘆いていらっしゃるのですか？」

「ごめんなさい……あの茶葉を紹介したのは、わたくしなんです！」

「えっと……？　あの、確かにそういう目的でお招きしたのですが……」

茶会を始める前に暴露《ばくろ》大会になって、レナルドは珍しく固まってしまっている。

見かねた公爵夫人がローラを宥《なだ》めながら訊ねたところ――判明したのは、例の店主に加工業者を紹介したのがローラであり、彼女自身も顧客であり支援者だということだ。

「彼らのお茶がとても美味《おい》しかったので、定期的に購入していたのです。ちょうどその時に、専門店のご主人が困っていると聞いたので、良い機会だと思って紹介をしました。基本配合は王城で飲まれているものと同じでしたから、リネット様にも喜んでいただけると思って……」

そうしたら茶会でシャノンが倒れてしまい、続けて店主が王城に呼び出されたと聞いて、ローラが紹介した茶葉が原因では、とこの四日間悩んでいたそうだ。

(茶葉が原因なのは合っているけど……)

話を聞く限り、ローラが意図して『覚め草』を入れたとは考えにくい。

彼女は困っていた店主に、新参の業者を紹介しただけだ。それも自分が愛飲していて、美味しいと知っていたからこそ、という善意からの提案である。

シャノンが業者の話を聞いていたことからも、ローラは純粋に応援していただけだろう。名のある家の者で流行《はや》らせて、新しい商品が売れるように。

そうでなければ、薬物混じりの紅茶を自分で飲んだりはしないはずだ。

「ローラ嬢は、あの茶葉が何なのか知っていましたか？」

「いいえ。ですが、他の茶葉とは少し違う、とは伺《うかが》っておりました。品種が違うのだとか……。商品名はまだ決まっていないそうですが、彼らは『気分が楽しくなるようなお茶』と呼んでいましたわ」

「気分が、楽しく……」

混入物を知っていると、ぞっとする呼び名だ。

（『覚め草』は興奮剤なのよね。それなら、楽しくなるのかもしれない）

マテウスの話によると、効果は一時的なものですぐに切れてしまうらしい。

依存性だけが恐ろしく強いので、その一瞬の高揚のためにまた手を出してしまうのだとか。

「わたくしは昔から臆病《おくびょう》な性格で、男の方とお話なんてとてもできませんでした。ですが、あのお茶を飲むようになってから、少しずつ勇気が出せるようになったのです。先日のお茶会でも、レナルド様とお話ができて、本当に嬉しくて……」

「ローラ嬢。残念ですが、それは薬物の中毒症状の可能性が高いです。かかりつけの医師がいるならば、すぐに診てもらったほうがよいでしょう」

「中、毒……？」

少女の見開かれた瞳から、また涙がこぼれ落ちる。

愛飲していたのなら、茶会で少し飲んでしまったリネットたちよりも、はるかに多く摂取しているはずだ。そもそも、愛飲していたこと自体が依存症状なのだろう。

（お茶会よりも前から飲んでいたから、一番手として動いたのね。素の性格が肉食獣じゃなかったのはよかったけど……）

今のローラの姿は、残念ながら〝良いもの〟とは決して思えない。

「わたくし……ああ、そんな……」

「大丈夫です。〝剣《つるぎ》の王太子〟ご夫妻が、解決のために尽力しています。もちろん私も。貴女が元気になったら、また改めてお茶会にお誘いしますよ」

「……っ、はい」

泣き崩れたローラは、レナルドや侍女たちに支えられながら、来たばかりの馬車に乗って帰っていった。

念のためと公爵家の人間が同行していったので、きっとすぐに医師に連絡を取り次いでくれるだろう。


「――やれやれ、意外な展開になってしまいましたね。聞こえてますか、リネットさん」

しばらくして、コンコンと叩く音とともに壁に影がかかる。

リネットが覗いている反対側に、レナルドがもたれかかったのだろう。

「全部見て、聞いていました」

「個人的には、肉食獣でなくて助かったと笑いたいのですが。貴女と同じぐらいの少女が騙《だま》されている姿は、なんと言いますか……お兄様は胸が痛いです」

「そう、ですね」

リネットはグレアムのように耳が良いわけではないので、彼の声から状況を読み取れるような力はない。

それでも、今のレナルドが悔しそうに美貌を歪《ゆが》めているだろうことは、なんとなく感じられた。

「……潰しますよ、今回の犯人。必ず」

「はい、お兄様。全部終わらせて、またローラ様をお茶会にご招待しましょう。素のあの方ならば、案外レナルド様とお似合いかもしれませんよ」

「それはまた別の話ですが……そうですね。肉食獣に戻らないことを期待します」

ごつん、と壁から鈍《にぶ》い音が響いて、続けて影が去っていく。

リネットがまた覗き込もうとすれば、穴の中に何かが差し込まれた。

「これは、手紙ですか？」

「正しくは、納品書ですよ」

質の悪い封筒には蝋《ろう》などは落とされておらず、触り心地もあまりよくない。貴族が送る手紙なら、扱わないような物だ。

「帰り際のローラ嬢から渡されました。貴女もご確認を」

レナルドに促されて、リネットは封の中身を取り出す。

同じくやや粗悪な紙に書かれたハームワースの名前と……この国のものではない住所。

「――……ヘンシャル王国？」

そこに記《しる》されていたのは、ちょうど結婚式の前に親しくなったばかりの隣国の名だった。

4章　真実は隣国に？

「ヘンシャル王国か……」

　茶会が中止になったので、リネットとレナルドはすぐに王城に戻《もど》ったのだが、納品書を受け取ったアイザックの表情は険《けわ》しいものだった。

「もしかして、同盟国としてまずい感じですか？」

「いやまあ、そちらもまずいんだが」

　リネットが訊《たず》ねれば、アイザックは曖昧《あいまい》に笑いながらポンと髪を撫《な》でてくれる。

　二人の結婚式の前に起こった騒動——二国間を通る鉱脈の盗掘《とうくつ》事件の際に、アイザックを代表として隣国ヘンシャルとマクファーレン、そして魔術大国エルヴェシウスと魔術師協会が一時的な同盟を結んだことは、記憶に新しい。

　それをきっかけとして、あまり交流をしてこなかったヘンシャルとも、それなりに仲良くなったのだが、やはりいきなり訪問するのはまずいのだろうか。

「リネットさん、一番まずいのは季節ですよ」

「あ!!」

鎮痛《ちんつう》な面持ちでレナルドが教えてくれた答えに、リネットもつい変な声が出てしまった。

――そう、今の季節は冬だ。

山岳地帯を治めるロッドフォードは雪が多く、この時期は移動も困難なのだが、ヘンシャル王国との国境は最たる難所なのである。

「あの岩山は、道がほとんど整備されていない。もともと大して交流もなかったから、お互い冬の間は行き来しないことが暗黙の了解だったしな」

「この季節に岩山登りは自殺行為ですね……」

アイザックが補足すると、レナルドも微妙な顔つきで頷《うなず》く。

ロッドフォードは反対側のマクファーレンから物資を受け取れるし、両隣国はそれぞれ港を持っているので、岩山が通行止めでも困らなかったのだ。

だが今回、問題の業者がヘンシャル王国に関わるのだとしたら、ぜひ行って確かめたいところだ。雪で埋もれた岩山を越えてでも。

(まあ、私も兄さんもできなくはないけど……)

リネットとグレアムの故郷アディンセル伯爵領は、貧しくて険しい辺境の地だ。

当然雪山登りぐらいは経験済みだが、今回はそれが目的ではなく〝ヘンシャルに辿《たど》りついてから〟が本番なので、できれば疲れ切るような山越えはしたくない。

「ちなみに、ロッドフォード内に潜伏《せんぷく》している可能性はないのですか？」

「もちろん調査中だが、まだ目ぼしい情報はないな。国内の住所はグレアムが言った通り山の坂道だったし、専門店の店主も彼らと連絡がとれないそうだ」

「そう、ですか」

「それでも、販売人が捕まるのは時間の問題だろうがな」

恐らく、例の茶葉の販売人はまだ国内に残っていると思われるが、移動が困難な今の季節にロッドフォードから逃げることはまず不可能だ。

さらに、アイザックに絶大な信頼を寄せる軍人たちは雪に慣れている上、多少の苦難は厭わずに動いてくれる。

（販売人の捕縛《ほばく》を待ってから、動いてもいいとは思うけど……）

マテウスが言うには、残念ながら販売人はそういう世界では末端であることが多く、たいてい詳《くわ》しい内情は知らないのだそうだ。

待っている間の時間を無駄《むだ》にした挙句《あげく》、何の情報も得られない可能性が高いのは困る。

となれば、根本の撲滅《ぼくめつ》を目指すリネットは、やはりヘンシャル王国に調査に向かいたい。その考えは、他の皆も一致している。

「とりあえず、伝達用の鳥であちらの王家に連絡をとってみるが、最悪の場合は一度マクファーレンの港まで行ってから、海側を回って行くしかないな」

「それ、やってる間に春になりません？」

「なるだろうな」

ぐるんと指を回したアイザックに、レナルドが呆《あき》れたような困ったような表情を浮かべる。

それならまだ、岩山の雪溶けを待ったほうが早そうだ。

(でもその間、あの茶葉や『覚《さ》め草《ぐさ》』がどうなるかが心配すぎるのよね)

解決すると宣言した以上、なるべく皆には早く結果を伝えたいが、山の冬は長く厳しいので焦《あせ》りは禁物だ。

だが、大陸全土で禁止されるような危険なものを、この国に置いておきたくはない。

今回は大きな被害にはならなかったが、もし正しい使い方をされたら、それを知った者が出てしまったら――考えたくない話だ。

「……確認したいのですが、マテウス様」

皆がだんだんと沈んでいく中、室内にハッキリとした問いかけが響く。

マテウスを呼んだのは、グレアムだ。

彼だけは暗くならず、美少女のような顔に真剣な表情を浮かべている。

「…………？」

「もし今回ヘンシャル王国に渡るとしたら、貴方《あなた》は同行されるのですか？」

グレアムの問いに、こくり、と赤髪の塊《かたまり》が縦に揺れる。

マテウスは薬学の専門家だ。追うものが薬草である以上、リネットとしてもぜひ同行して欲しい人物である。

「兄さん？」

しかし、マテウスの返答に、グレアムの目付きは鋭《するど》くなっている。

もしや彼は、戦えないと言っていたマテウスが、足手まといになるとでも思っているのだろうか。

（アイザック様たちは軍人だし、私も体力には自信がある）

だが、マテウスは初日に『学者で戦いは苦手』だと言っていた。もし冬の雪山に挑《いど》むのなら、間違いなく彼が一番危険だ。

「グレアム、もしやマテウスが体力的についていけないとでも指摘しているのか？」

リネットが感じた同じ疑問を、アイザックがグレアムに訊ねる。

従兄《いとこ》の言い方にマテウスがやや俯《うつむ》いてしまうが、グレアムはゆるりと首を横にふった。

「それもありますが、違います」

「あ、あれ？　そうなの兄さん？」

あっさりと否定したグレアムの声に、同情するような様子もない。

ならば何が問題なのかと思えば、今度は鋭いままの目をアイザックに向けた。

リネットと同じ、澄《す》んだ青い瞳を。

「アイザック殿下、オレは貴方様にお仕《つか》えしているので、貴方様の心を信じます。マテウス様は、信頼できる方ですか？」

「無論だ。たとえ臨時でも、信頼できない者を補佐官に置くわけがないだろう」

「アイク兄さん……っ」

グレアムの問いに、アイザックは間髪入《かんはつい》れずに応えた。

マテウスも感激で震えながら、ぎゅっと握った拳《こぶし》を胸につけている。無意識なのかはわからないが、あれは騎士の〝忠誠〟の姿勢《しせい》だ。

リネットもまだ付き合いは長くないが、彼はアイザックを裏切らないと信じている。

何しろ、シャノンが最高に素敵だと語る男性なのだから。

「──わかりました。ではこの五名と、貴方様が信頼できる護衛を決めて下さい。なるべく少人数だと助かります。返答が届き次第《しだい》、ヘンシャル王国へ向かいましょう」

「グレアム？　どういうことだ」

「『梟《ふくろう》』の道──地下洞窟《どうくつ》の隠し通路をご案内します。地下が繋《つな》がってるの、お忘れですか？」

「ああっ!!」

グレアムの堂々とした提案に、マテウス以外の三人が声を上げた。

そうだ、鉱脈は二国間を跨《また》いで地下で繋がっている。だからこそ、ヘンシャル側から侵入した盗掘者に、リネットたちが気付けたのだ。

「だけど兄さん、隠し通路って？」

「採掘や研究用とは別に、入口と通路を確保してあるんだ。アイザック殿下にはいずれお教えする道だが、亡命などを防止するためにも、あまり多人数には伝えたくないんだよ」

「い、いつの間にそんなものを……」

「盗掘者どもが捕まってから、すぐだ」

リネットたちが結婚式で大わらわな時に、裏ではそんな大掛かりなことが動いていたとは。

そういえば、グレアムを筆頭とした『梟』は、領地から王都までを通常の半分の時間で駆け抜けたり、迷路のような地下通路を支配している規格外の組織だった。

地下洞窟に通路を作るぐらい、大した苦労ではないのかもしれない。

「と言いますか、殿下。オレたちは殿下の指示で動いていたのですが、本気で忘れてましたか？　貴方様がヘンシャル側に許可をとって下さったからこそ、開通したんですけど」

「いや、忘れてはいないが、完成の報告が俺のところに届いていない」

「ああ、完成とはまだ言いがたいので。整備が終わっていないので、道の状態が悪いんです。でも、通るだけなら可能ですよ」

「そうなのか。もっと頻繁《ひんぱん》に確認するべきだったな。完全に任せきっていた」

「それは信頼の証《あかし》だと受け取っておきますよ」

アイザックは確認を怠《おこた》ったことを恥じているが、グレアムはまんざらでもなさそうだ。

とにかく、これで雪の岩山を登らずとも、ヘンシャル王国へ行くことができる。

連絡も伝達鳥を使えば、本来片道五日かかるところが往復それぐらいの時間で済むはずだ。

(これで、変なものを混入させた悪党を探しに行ける！)

外気は肌を刺すように冷たいが、やる気は一気に燃え上がる。もちろん淑女《しゅくじょ》らしくはないが、リネットの気持ちは他の皆にも伝染したようだ。

「さて、公務の予定を切り詰めないとですね」

「忙しくなるが、何もできずに止まっているよりはマシだ」

沈んでいた空気はかき消え、皆やる気に満ちた目でお互いを見つめ合っている。

――そんな中、マテウスだけが若干《じゃっかん》違う空気でグレアムとの距離を詰めてきた。

「……あ、あの『梟』って……!?」

「ああ、マテウス様は王弟殿下のご子息でしたね。ご存じでしたか」

アイザック直属隊ではすっかり当たり前のようになっていたが、暗殺者『梟』の情報は、本来王家の血筋と当人たちだけに伝わってきた秘密だ。

口の堅さは折り紙付きの部隊なので、暗黙の了解で忘れてしまっていた。

「いかにも、その『梟』の子孫、当代頭領を務めるグレアム・アディンセルでございます。改めまして、お見知りおきを」

「本物……!!」

あえて恭《うやうや》しく礼をしたグレアムに、マテウスは感極まった様子で手を叩《たた》いている。

暗殺者が目立っていいのかどうかは知らないが、少なくともグレアムの中のマテウスへの好感度は上がったことだろう。

(アイザック様も兄さんも、すごい人だものね)

初代から続いてきた『梟』が仕える〝剣《つるぎ》の王太子〟――正《まさ》しく、建国の騎士王の再来だ。

妻で実妹《じつまい》のリネットから見ても、ロマンを感じてしまう。

「……あ、あの、サインを！　アイク兄さんからも！」

「従兄《いとこ》のサインを何に使うんだお前は」

呆れた様子のアイザックに、マテウスは前髪越しに目をキラキラさせている。なんとなく、その姿がシャノンと重なるのは気のせいだろうか。

何にしても、仲の良い雰囲気になったのはよかった。これから悪党と戦うかもしれないのだから、味方の絆《きずな》は強いに越したことはない。

若干偏《かたよ》っている気がしなくもないが、ギスギスしているよりははるかにマシだ。

「あ……茶会の女装も……『梟』の任務……？」

「いえ、女装はただの趣味です。最近軍服ばかりなので、ちょっと飽《あ》きてきて」

「グレアム殿、部隊の正装に飽きるんじゃありません。私たちの上官だって、王太子なのに年中同じ制服着てるんですよ？」

「おいレナルド、お前の結婚相手を今すぐ決めてやろうか？」

………仲がいい、はずだ。多分。

＊＊＊

アイザックが伝達鳥を飛ばしてからちょうど五日後、ヘンシャル王国から無事に入国を許可する返答が届いた。

今回は『覚め草』という危険なものが関わっているということで、あちら側の王家からも人員を手配してくれるらしい。

『いつでも連絡をくれ』との頼もしい言葉に、アイザックが同盟を結んでおいてくれたことを、一同心から感謝することになった。

しかし同時に、返答を受けたアイザック直属隊は大わらわだ。

王太子が不在になるので、通常の公務をしつつ、不在の間の指示もしなければならない。

仕事量は凄《すさ》まじく、手伝えないリネットにできるのは声援を送るぐらいだ。

「……リネット様……お手隙《てすき》、ですか？」

そんな中、リネットを名指しで呼んできたのはマテウスだった。

前髪で覆《おお》っていてもわかるぐらいの疲労を滲《にじ》ませながら、リネットの手に小さな瓶《びん》を握らせてくる。

「私の仕事は終わらせましたが、これは？」

「シャノンの……です。その、面会が……限られてて……。届けて……けると……とても、助かり……す」

託された瓶を確認すれば、茶会で見せてもらった悍《おぞ》ましい色の丸薬《がんやく》が入っている。

どうやら本当に、マテウスがシャノンのために調合していたようだ。

「またすごい色ですね。わかりました、任せて下さい」

「あり……う……ます」

リネットがしっかりと頷けば、マテウスはほっとした様子で仕事へ戻っていった。若干足元がふらついているが、なんとか頑張ってもらいたいものだ。

（このままだと、マテウス様は側近《そっきん》として正式採用されそうね）

リネットとしては、アイザックに優秀な部下が増えることはありがたいが、王城でも屈指《くっし》の過酷《かこく》な現場に回されたマテウスには、同情を禁じえない。

また寝ぼけて、危ないところで転ばなければいいのだが。

「それにしても、シャノン様はまだ王城にいらっしゃったのね。教えてくれたら、もっとお見舞いに行ったのに」

上着を羽織って廊下に出れば、今日《きょう》も冷たい空気が肌に染みる。

もしかしたら、寒さで体調を崩《くず》してしまったのだろうか。それとも、まだ『覚め草』による昏倒《こんとう》が長引いているのか。

(主催の私はなんともないのに、お招きした方がずっと具合が悪いなんて……)

申し訳ない、と呟《つぶや》きかけて、リネットは首を横にふった。自分が悪くないことで謝ってはいけないと言われたばかりだ。

(心配と謝罪は違う。ちゃんと覚えないとね)

自分に言い聞かせながら、シャノンの部屋の扉の前に立つ。比較的近い場所なので、リネットの健脚ならあっと言う間だ。

「シャノン様、リネットです。今大丈夫でしょうか?」

「リネット様? はい、すぐに開けますのでどうぞ」

もう一度心に言い聞かせてから扉を叩くと、すぐに返事が聞こえてきた。思っていたよりも元気そうな声に、安堵《あんど》の息がこぼれる。

ほどなくして、前と同じ侍女に迎えられたのだが、そこには驚くべき姿があった。

「シャノン様、お加減は……いや何してるんです!?」

「ごきげんよう、リネット様。わたくしは元気です」

寝込んでいるとばかり思っていたシャノンは、キラキラの笑顔を浮かべて立っていた。

片手には筆を握り、眼前には身長と変わらない大きさのキャンバスを立てて。

「具合が悪いのかと思ってました……何をしていらっしゃるんですか？」

「はい、マテウス様が隣国へ調査に向かわれると聞きましたので、無事のご帰還を祈って絵を描いております！」

「それマテウス様なんですか⁉」

この部屋に来てから、つっこみばかりしている気がする。

巨大キャンバスに描《えが》かれているのは、確かに男性の肖像画だ。しかし、リネットが知るマテウスと一致しているのは髪の赤色だけである。

凛々《りり》しくも優しい笑みを浮かべ、茶色の瞳の中に眩《まばゆ》い星が輝く美青年は、残念ながらサッパリ似ていない。もしやシャノンには、彼がこう見えているのだろうか。

実際のところ、マテウスも髪型さえどうにかしてくれれば、王家血筋の艶《あで》やかな美形ではあるのだが、前髪の厚さが印象に残りすぎるのだ。

（似ているようには見えないけど、画力はとんでもなく高いわ。これは画家としても食べていける腕じゃないかしら）

「えっと、シャノン様は絵がお上手《じょうず》なんですね」

「いいえ、全く。わたくし、マテウス様しか描けないのです」

「えっ！?こんなにお上手なのに?」

むしろ、題材がマテウスだと言われたほうが驚きそうな出来栄《できば》えだが、シャノンはそれが当たり前のように胸を張っている。

「わたくしは、マテウス様のためにしか詩も書けませんし、マテウス様のための曲しか弾けないのです。特技らしい特技がなくてお恥ずかしいですが、代わりに愛を示しております」

「そ、そうなんですか」

にっこりと自信満々に言われると、何か言うほうが無粋《ぶすい》な気がしてしまう。

ともあれ、本当に元気そうで何よりだ。

「ところで、リネット様はお見舞いに来て下さったのですか?」

「はい、一応は」

「まあ、お気遣いありがとうございます！　具合はもう問題ないのですが、一応わたくしが狙われた可能性もあるとのことで、こちらに滞在させていただいております」

「あ、なるほど。それで面会できる人間が限られていたんですね」

重症ゆえの面会禁止かと思いきや、防衛対策だったようだ。

しかし、いくら有力貴族とはいえ、侯爵令嬢を王城で囲うというのも少々大げさな気がしてしまう。

「失礼ですが、シャノン様はご実家の他にも、何か立場をお持ちだったりします?」

「わたくしではありませんよ。ああ、もしかしてマテウス様が『もう捨てた』とおっしゃいましたか？　あの方は一応、王位継承順位第二位なので」

「あっ！」

シャノンの困ったような言葉に、リネットも気付いた。

本来なら二位は王弟のはずだが、彼はアイザックの立太子の際に継承権を放棄《ほうき》している。となれば順位は繰り上がり、現在の二位は息子のマテウスだ。

「殿下のご結婚の際に捨てたかったそうですが、残念ながら受理されなかったそうで。わたくしもマテウス様も王位に一切興味はありませんが、ごく少数ながら勝手に推進する方々がいるのです。その対策も踏まえて、お邪魔《じゃま》しております」

「そんなことが……」

何やらリネットの知らないところで、色んな陰謀《いんぼう》が蠢《うごめ》いているようだ。

王太子妃として苦戦している間も、きっと誰かが守ってくれていたのだろう。

「私、本当に未熟な王太子妃なんですね……」

「よろしいのではないでしょうか？」

「えっ⁉」

また一つ未熟な部分を知ったリネットだが、シャノンからは予想外の言葉が返される。

驚いて彼女を見返せば、妖精のような少女は変わらずにこにこと笑っていた。

「リネット様は貴族社会に詳しくないのかもしれません。ですが、女性を一切近付けなかった〝剣の王太子〟が選んだのは貴女《あなた》です。求められたのは、完璧《かんぺき》な淑女ではなくリネット様。ならばまずは、その自身の在り方を誇るべきですわ。足りない部分を恥じるのは、後でも事足りますもの」

淡々《たんたん》と、当たり前のように話してくれた言葉が、リネットの体に染みていく。

呆然《ぼうぜん》と見つめていると、シャノンは筆をおいて、くるりとその場で一回転してみせた。

「たとえばわたくしは、体質ゆえに食べられないものが多くあります。ですが、マテウス様がそんなわたくしでも良いとおっしゃったので、煩《わずら》わしくはあれど、自分が嫌いではありません」

くるりと、妖精のドレスがまた回る。

淡い藤色の布を重ねた裾《すそ》が、本物の花弁のように柔らかく揺れている。

「たとえばマテウス様も、剣を持たない者はロッドフォードの男らしくないと、王弟殿下や皆に言われております。ですがわたくしには、戦えることよりも寄り添って生きて下さることのほうが重要でしたので、マテウス様は世界で一番素敵な男性なのです」

「マテウス様……あ、そうだ！　預かり物があるんでした」

彼女の話で思い出したリネットは、マテウスの小瓶をシャノンに手渡す。

遮《さえぎ》るのは悪いかとも思ったが、語られているマテウスからの届け物なのだから大目に見てもらいたい。

「……マテウス様」

シャノンは毒々しい色の丸薬が詰まった小瓶を愛《いと》おしそうに見つめてから、そっと口付けた。

それが、本当に宝物であるかのように。

「実はこれは、美容の薬ではなく栄養剤なんです。体質ゆえに栄養が偏ってしまうわたくしのために、マテウス様が調合して下さっている薬。幼い頃に婚約を交わしてから、ずっと」

「あ……」

もしかして、マテウスが薬学を専攻しているのはシャノンのためなのだろうか。

一品目だけの不耐症《ふたいしょう》なら避ける手段もあるが、シャノンは複数の物がダメだと言っていた。それに対処するのなら、他の分野との並行は難しいだろう。

「こんなに素敵な殿方、他にはいません。剣を持って戦えなくとも、わたくしにとってはマテウス様が世界で一番なんです。そしてアイザック殿下にとって、リネット様がそういう方なのでしょう？」

「アイザック様……」

シャノンの真摯《しんし》な声に、リネットの心臓が跳ねる。

そうだ、アイザックは淑女として足りないリネットを選んでくれた。当然、王太子妃としても足りないことを知った上で。

結婚してからも、その点を責めることなく案じてくれる。勝手に落ち込んでいるのは、リネットだけだ。

「足りない部分を学ぼうとする姿勢は素敵です。ですが、そればかり気にかけてはもったいないですわ。貴女こそが、アイザック殿下の奥様なのですから」

「そう、ですね。……そうでした」

やっぱり、シャノンに出会えてよかったと心から思える。

他人の価値観ではなく、大切な人の本当に良い部分を彼女は愛しているから。

(シャノン様が傍《そば》にいてくれたら、きっと楽しそうだな)

以前の茶会のように、お互いの恋の話をして盛り上がってもいい。先ほどのように、彼女の一途《いちず》すぎる愛の表現を見せてもらってもいい。

(きっと……いえ、絶対に楽しい。私はシャノン様が好きだわ)

——ふいに、カティアの言葉が頭をよぎる。

リネットの味方になってくれる、信頼できる相談役。そういう人を見つけられたらと、彼女もリネットを案じてくれていた。

(結局、私の専属侍女はまだ決まっていない)

だが今後、シャノンと相談ができたら楽しいのではないかと、つい思ってしまう。

「シャノン様、私の相談役になって下さいませんか?」

「え……?」

――思った時には、口にも出てしまっていた。

シャノンの翡翠《ひすい》の瞳が、パチパチと瞬《またた》く。

善は急げとはいうが、さすがに性急だったかもしれない。

(でも、シャノン様は王城に滞在することに慣れていらっしゃるみたいだし。お誘いするだけならタダよね!)

何より、彼女を好きになってしまったのだから、仕方ない。

リネットはちゃんと姿勢を正して、シャノンに向き直る。

「今回の一件が無事に解決したら、私の……王太子妃の相談役になっていただきたいのです」

「それは、大変光栄なお誘いですが……わたくしでよろしいのですか?」

「シャノン様〝が〟いいんです!」

が、に力を込めて答えると、シャノンの瞳が再びふわりと微笑《ほほえ》んだ。

表情で判断していいのなら、これは了承してくれるのだろうか。

「今回の一件が無事に解決したら、ですね。かしこまりました。その条件でお受けいたします。お役目は大変光栄ですが……〝もしもの場合〟には、わたくしは笑って貴女にお仕えできませんから」

もしもの場合――それは、ヘンシャルでの調査の結果如何《いかん》ということか。それとも、彼女の最愛の人が帰ってこないなんて、最悪の想定だろうか。

（大丈夫。どちらもありえないわ）

きゅっと拳を作った手が、熱をもっていく。

今回の調査隊は、アイザックが率《ひき》いるのだ。

戻らないなんてありえない。失敗などさせない。……何より。

「私がマテウス様を、必ず無事に連れて帰ってきます！」

「………え？　リネット様も同行されるのですかっ⁉」

リネット自身が、シャノンの大事な人を傷付けさせるものか。

高らかな宣言に、妖精は翡翠の瞳を思い切り見開いた後——極上の笑顔を返してくれた。

＊＊＊

「明日《あす》……いや、もう今日か。いよいよ出発だな」

「そう、ですね」

時刻は日付が変わって少し経《た》った頃。

やっとのことでベッドに入ったアイザックは、今日も一日走り回っていた。

リネットはシャノンの見舞いに行っていたこともあるが、今日アイザックと言葉を交わせたのは朝見送って以来だった。

（せめて夜……この二人の寝室にいる間は、ゆっくりと休んで欲しいな）

なるべく温かくすごせるように布団《ふとん》を整えていると、アイザックの大きな手がリネットの頬《ほお》に触れた。ここにいることを確かめるような、少し固い触り方だ。

「リネット、これが最後の確認だ。――お前も来るんだな？」

「もちろん、お供します」

続けて、低い声が問いかけてくるが、これに返す答えは決まっている。

健《すこ》やかなる時も病める時も、たとえ戦場でも、リネットは隣《となり》に立つと決めた。

それが、淑女らしさも王太子妃らしさも足りないリネットが、唯一誰にも負けずにアイザックに捧《ささ》げられる愛だから。

――今日シャノンが教えてくれた、誇るべき愛だから。

「そもそも、今回の一件は私のお茶会が発端《ほったん》ですから。私に売られた喧嘩《けんか》を、私が解決しなくてどうします」

「危険な旅路になるが、いいんだな？」

「危険じゃない旅路があるんですか？」

「なかったな」

じっと見つめた紫水晶の中に、リネットの真剣な顔が映る。きっとリネットの青眼の中にも、アイザックの顔が映っているのだろう。

「……ふっ！」

やがて、どちらからともなく吹き出して、そのまま二人の顔が近付く。

「離れないでくれリネット。何があっても、俺の傍に」

「もちろんです、愛しい旦那様」

引き寄せられるように触れた唇の、なんと心地いいことか。

二つの体温が一つになって、溶けてしまうほどに温かい。

「……温かく寝るためにお布団を整えたんですけど、ちょっと熱いですね」

「冬場に贅沢《ぜいたく》な話だな」

ごろんと適当に横になれば、リネットの体はアイザックの腕の中に収まってしまう。

硬い生地の軍装とは違う、肌の感触までわかりそうな寝間着《ねまき》越しの抱擁《ほうよう》。何度夜をすごしても、ちっとも慣れない。

「……恥ずかしくて、溶けそうです」

「溶けても構わないぞ。一滴もこぼさずに、全部俺が抱《かか》えているからな」

「少しぐらい逃がしてくれてもいいんですよ？」

「バカ言え、これ以上痩《や》せたらどうするつもりだ。リネットはもう少し太れ」

「肉が薄くて悪かったですね！」

半分本気のじゃれ合いをしながらも、また口付けて、布団の海に沈んでいく。

幸せを現実にしたら、きっとこんな感触をしているに違いない。温かくて、ふわふわした気分にさせてくれて、愛しいと全身が訴《うった》えるように心地よい。

「今日から少しの間、ここに帰ってこられないからな。腕の中にいてくれ、リネット」

「はい、アイザック様」

この温かな夜に、また必ず帰ってくると誓《ちか》って、目を閉じる。

アイザックとの幸せな日々のために、必ず。

＊　＊　＊

出立の朝は、抜けるような青空が広がっていた。

実際に通るのは日の当たらない地下道なのだが、雪が降っていないだけでもいくらか気分が明るくなるというものだ。

(うん、空も私たちを応援してくれているのね)

幸先《さいさき》の明るい天気に気分を良くしながら、リネットも集合場所であるアイザックの執務室で待機している。

ここは調査隊の見送りの地点も兼ねており、最終確認のために集まった部下たちがわらわらしているのだが、何故《なぜ》かそれとは別に、入口にちょっとした人だかりができていた。

今はまだ、日が昇っていくらも経っていないような早朝だ。リネットやアイザックなら当たり前の時間だが、普通はまだ寝ているものだろう。

にも関わらず、一体何に人が集まっているのか。きっと皆、アイザックの見送りに来てくれたのだと思っていたリネットは、どうやらかの部隊の〝餓《う》え具合〟をちゃんと把握《はあく》していなかったらしい。

ごつくてガタイのよい男たちが見つめていたのは――絵本から抜け出てきた妖精のような、儚《はかな》い美貌《びぼう》の少女だった。

(シャノン様⁉)

そこにいたのは、昨日相談役を打診した友人(予定)の少女だったのだ。

外気とほとんど変わらない寒い入口に立ちながら、小さな口から白い息をこぼしている。

今朝《けさ》は白地のふわふわした上着を着込んでいることもあって、容姿の儚さが一層増して見える。もし王城の廊下ではなく外で見かけたなら、九割九分『雪の妖精を見た』と騒がれることだろう。

要するに、入口の人だかりは彼女に見惚《みと》れている男たちの塊なのだ。

「なんでわざわざ外で待っているのかしら。廊下は寒いのに」

先に集まっていたグレアムに確認してみるが、彼も肩をすくめて返してくる。

きっとシャノンにも考えがあるのだろうが、いっそ幻想的ですらある彼女の佇《たたず》まいに、女性に縁がなかったアイザックの部下たちは、皆視線が釘付《くぎづ》けになっている。

一部の者たちは、自分の上着を渡しに行こうと相談したり牽制《けんせい》したりしているようだが……

直後に、彼女がそこで待っていた理由が明らかになった。

「……あ、マテウス様！」

他部署に書類を届けに行ったため、少し遅れたマテウスがやってきたのだ。

赤い癖毛が見えた途端《とたん》に、妖精は人間に戻り、嬉《うれ》しそうに手をぶんぶんとふっている。

「…………ッ!?」

手をふられたマテウスは、シャノンに気付くと大急ぎでこちらへ駆け寄ってきた。声こそ聞こえないが、焦り具合は傍目《はため》からでもハッキリとわかる。

「……んで、シャノン！　冷たい……」

「おはようございます、マテウス様。きゃっ！」

言い終わる前に、シャノンの頭から紺色の厚布がかぶせられる。アイザック直属隊に支給されている、軍服と揃《そろ》いの冬用コートだ。

やりたくても手が出せなかった部下たちに代わって、マテウスが自分のコートをシャノンにかけたらしい。

「温かい……マテウス様の香りがします」

「ど……て、廊下に……」

「だって、一番にお出迎えをして、最後までお見送りができるのはここですもの。一分一秒でも長く、貴方と一緒にいたかったのです」

（おお……！）

幸せそうにコートにすり寄るシャノンに、マテウスも彼女を包み込むように腕を添えている。

彼の表情は見えないものの、いわゆる『二人の世界』というやつだろう。

自分の恋にいっぱいいっぱいだったリネットには、とても新鮮な光景だ。

「な、なんでファロン公爵令息が……」

もちろんそれは、声をかけそびれた部下たちにとっては残酷な光景でもある。

コートを持ったまま行き場をなくした手をそのままに、彼らの目は驚愕《きょうがく》に見開かれてしまっていた。

「なんでって、シャノン様はマテウス様の婚約者だからですよ？」

ご丁寧《ていねい》にグレアムが解説をすれば、ごつい部下たちは膝《ひざ》から崩れ落ちた。

剣の王国ロッドフォードの男らしく、かつ軍部でも精鋭である彼らにとって、剣を持たないマテウスが美しい妖精と婚約していることは、よほど衝撃的だったらしい。

「何故だ……強さも筋肉も、婚活には必要がないのか!?」

「さあ？　人によるんじゃないです？」

「俺なんて、髪型整えるのに毎日一時間かけてるのに……！」

「それは普通にかけすぎです。どうせ乱れるのに何やってるんですか」

グレアムの淡々としたつっこみの力もあり、執務室は正しく死屍累々《ししるいるい》だ。これから主力が隣国へ出てしまうのに、いささか心配になる有様である。

「すまない、遅れて……なんだこの死体どもは？」

そうこうしていれば、部屋の主であり部隊長のアイザックとレナルドも執務室へやってくる。

マテウスとシャノンの様子からだいたいの事情を察したレナルドは、地に伏す部下たちにそっと手を合わせた。


気を取り直して、いよいよ隣国ヘンシャルへ出発だ。

最後の仕事を片付けるアイザックたちの背後では、やや強引に執務室内に引き込まれたマテウスとシャノンがイチャイチャしている。

おかげで残していく屍《しかばね》たちは沈んだままだが、体力的に心配なマテウスが少し元気になったようなのでよしとしておこう。

（それに、二人に少し申し訳ない部分もあるからね）

二人を見守りつつ、リネットはそっと胸元を撫でる。

これから離れる二人とは違い、リネットはアイザックについて行けるのだ。過酷な旅だとしても、この一点だけはシャノンに申し訳ない。

（この服も、久しぶり……でもないわね）

リネットの装いは、今回もアイザック直属隊の紺色の軍服を借りている。

しかも今回は、先ほど部下たちがふり回されていた冬用コートも支給してもらっているので、いつもよりさらに体の線がわからない。これでも一応人妻なのだが、今のリネットはどこから見ても少年にしか見えないだろう。

（化粧もしていないし、髪も適当な『少年』が、王太子妃だなんて絶対に思えないわね）

先ほどから割と近くにいるのに、シャノンが気がつかないのも仕方のない話だ。

「リネット、寒くないか？　辛《つら》くなったらすぐに言ってくれ」

そんな格好でも、アイザックはいつも通りに接してくれるので、本当に嬉しい。

客観的価値ではなく、大切な人が認めてくれる自分の良さ。昨日シャノンが話してくれたことも相まって、愛しさで胸がいっぱいになる。

とはいえ、やはり着飾るべき時はちゃんと美しくなりたいが、それはまた今度だ。今日はこの男装で、無事に調査へ向かうことが第一である。

「え、リネット様？　……まあ、男装なのですね！　よくお似合いです!!」

そして、アイザックの呼びかけでシャノンもようやく気付いたらしい。リネットを見つけた彼女の目が一瞬で輝きを増したので、印象は悪くなさそうだ。

「ありがとうございます。喜んで良いのかは複雑なところですが」

「似合わないよりは絶対に良いですわ。……なるほど、それがリネット様と王太子殿下の立ち位置なのですね。素敵です」

シャノンは少年にしか見えないリネットを貶《けな》すこともなく、ちゃんと二人の在り方を読み取ってくれている。

本当に貴族としては稀有《けう》な女性だ。だからこそ、ぜひ相談役を引き受けてもらいたい。

「行って参ります、シャノン様。必ず調査結果とマテウス様を連れて帰ってきますからね！」

「はい、お帰りをお待ちしておりますわ」

短い挨拶《あいさつ》とともに、二人はきゅっと握手を交わす。隣で見ていたマテウスも、ただ静かに笑ってくれた。

かくして、リネットたち調査隊は隣国へと出発する。隠し通路を使うので、見送りができるのは本当に執務室の前だけだ。

リネットを含めた五人と、アイザックの部下から護衛役が四人、合わせてたった九人だけの部隊だが、皆しっかりとした足取りで進んでいく。

「……じゃあ行きます。足元に気をつけて」

やがて、見送りの者たちが見えないところまで進んだ頃、先頭を歩いていたグレアムが何もない壁の一部を押し開けた。

「おお……！」

　壁にしか見えなかった『扉』の先に続くのは、迷路のように這《は》い回る薄暗い隠し通路だ。

　なんだかんだでリネットは何度も通っているのだが、何度見ても全く覚えられない不思議な道である。

「……本当に、あった………」

　初見のマテウスは若干びくびくしつつも、足を止めることなくグレアムに続いていく。

　グレアムは使われたくないから少人数にしてくれと言っていたが、この通路どころか扉がある場所すらも覚えられる者はいないだろう。

（兄さんたちは、よくこんな場所を覚えていられるわね）

　同じような階段を、導かれるままに上ったり下りたりしていく。景色は変わり映えせず、どこを歩いているのかなど、ほんの数秒でわからなくなってしまう。

「あれ……ここ？」

　しかし、ふと気がついた時には、周囲の景色が変わっていた。壁も床もほのかに青白く発光する、全部が同じ石でできた道へ。

「もしかして、もう燃料石の洞窟に入ったのか？」

「道を少しいじりましたので」

「いつの間に……」

　アイザックの問いかけに、グレアムが得意げに笑って返す。

これこそが、ヘンシャルと二国間を跨いで通る鉱脈にして、魔術大国エルヴェシウスが大金を積んででも研究を望んだもの——通称『燃料石』と呼ばれる、魔素結晶の洞窟だ。

(階段を上ってたはずなのに……)

以前にこの洞窟を見つけた時、リネットは最下層に到着した後、そこの土壁を壊してから進んだはずだ。だが今回は、地下へ降りきったという感覚がないままに洞窟に入っている。

どうやってこんな道を作ったのかは謎《なぞ》だが、『梟』は前回の戦いで大人数に隠し通路がバレてしまったことがよほど嫌だったらしい。

この新しい道なら、もしも亡命目的で潜り込む者がいたとしても、〝地下〟という前情報があるせいで正しい道は進めなさそうだ。

(でも、地面はボコボコね)

グレアムも完成はしていないと言っていた通り、残念ながら道の状態はかなり悪く大きな石も目立つ。軍人たちは気にした様子もなく、山育ちのリネットも平気と言えば平気だが、果たして学者のマテウスはこれで大丈夫なのだろうか。

「マテウス様、道の状態が悪いですが大丈夫ですか？　辛くなったら休憩《きゅうけい》をとりますので、いつでもおっしゃって下さいね？」

「だ……じょう……です」

こっそりと声をかけてみるが、マテウスは小さく頷いて返すだけだ。歩幅も皆と変わりなく、さくさくと進んでいく。

もしや、唯一の女のリネットが普通にしているので、気を遣っているのか。

(道の状態が悪ければ、歩くだけでも疲れてしまうのに。大丈夫かしら)

先を行くアイザックやレナルドも、定期的にマテウスに視線を送って気遣ってくれているが、マテウスの息が上がっている様子はない。

しっかりとした九人分の足音が、静かな洞窟の中に規則正しく響くばかりだ。

(あ、あれ?)

そのまま、一時間ほど歩いていったん休憩となったが、結局マテウスが遅れることは一瞬たりともなかった。

これにはリネットはもちろん、同行した全員が驚きである。

「マテウス様、もしかして結構体力あります?」

「えっと……よく山で……薬草を……」

「マテウスは引きこもりではなく、現地に赴《おもむ》く学者だったんだな」

どこか照れくさそうなマテウスの様子に、皆も納得したように頷く。

野山で薬草を採《と》ることは、実は普通の運動ではない。道の状態は天気によるが、基本はデコボコしているし、ぬかるんでいれば足をとられる。

その上、立ったりしゃがんだりを頻繁に繰り返すので、下手《へた》をしたら軍の訓練に匹敵《ひってき》する過酷な運動なのだ。

リネットもそういう生活のせいで、野生児と呼ばれる体力を身につけたのである。

「……なんだ、全然心配いりませんでしたね」

てっきり彼はか弱い青年だと思っていたのに、蓋《ふた》を開けたらある意味リネットたちと同類だったとは。

いや、嗅覚《きゅうかく》の発達具合から考えても、本当に野生児の一員かもしれない。

とにかく、一番不安だったマテウスが動けるとわかれば、この調査隊に恐れるものなどない。

「それなら、休憩を減らしてより早くヘンシャルに着くよう予定を変えるか。リネットも、それで大丈夫か？」

「田舎《いなか》の女を舐《な》めないで下さい、アイザック様。やってやりますとも！」

アイザックの気遣うような声に、リネットは拳を掲《かか》げて応える。この洞窟は通過点であって、本調査はヘンシャル王国に到着してからなのだ。

頷きあった軍人たちも、パンと足を叩いて問題ないことを伝えてくる。

マテウスに合わせた手加減がなくなれば――精鋭部隊の強行軍だ。

「よし、行くぞ！」

「はい！」

勇《いさ》ましいかけ声に士気を高めて、地下をひたすらに邁進《まいしん》すること数時間。

調査隊は外の豪雪に一度も触れることなく、隣国ヘンシャルの地に到着したのだった。

＊　＊　＊

（さ、さすがにちょっと疲れたわね……）

上がった息を整えながら洞窟を出ると、途端に真っ白な輝きが目に刺さった。

そびえたつ山は雪に覆われ、形すらわからない塊と化している。

白以外の色がない世界は、風が吹く度《たび》にかすかな跡すらも消し去っていく。

「怖い……」

地下洞窟がなければ通っていた国境の岩山は、背筋が凍るほどの純白をたたえてリネットたちを見下ろしていた。

「こんなのが崩れたら、ひとたまりもないな」

「地下に道があって、本当に良かったですね」

隣に並んだアイザックも、同じように岩山を見上げて息を吐き出す。

彼は軍人の中でも長身で大きい人という印象があったのだが、自然と比べれば全くそんなことはない。儚さに震えてしまうほどだ。

続けて出てきた皆も、視界を襲う白い暴力に言葉を失っている。

雪は寒さや面倒くさい印象のほうが強かったが、考えを改めたほうがよさそうだ。

「さて、無事にヘンシャルには到着できたな。予定より時間も早い。少し休憩したら、国境の街を目指すぞ」

「そりゃあ、あれだけ速く進めばね……」

休憩を促《うなが》すアイザックの声に、皆思い思いの息をこぼす。

護衛たちよりも平気そうなマテウスに笑いそうだが、とにかくまずは第一関門突破だ。

次は納品書の住所を頼りに、悪党を探すのだが――ふいに、リネットの視界に見覚えのあるものが飛び込んできた。

「なんでこんなところに……？」

見えたものは、馬が引く箱型の物体と大きな車輪。そう、馬車だ。

しかも、二頭立ての立派な物が列になって、街のほうから近付いてきている。

「アイザック様、かなり速くて立派な馬車が近付いてきます。四台ほど」

「は？」

「……いや、蹄《ひづめ》の音が多いな。リネット、周りに護衛がついていないか？」

「待って。……あ、本当だ。兄さんの言う通り、馬で護衛がもう四頭分です」

見えるリネットと聞こえるグレアムの報告に、残りの者たちもゆっくりとそちらに視線を向ける。

しばらく待ってから姿を見せたのは、リネットたちが見た通りの豪華な隊列だった。

「………………」

アイザックたちに合わせたとしか思えない登場に、剣を持った者たちは柄《つか》に手をかける。

予想通り、隊列はアイザックたちの前まで乗りつけると、丁寧な動作で停止した。

（うん？）

よく見れば、彼らの着ているものが灰色を基調とした『軍装』だと気付いた。それも、見覚えのある制服だ。今通ってきた地下洞窟で、同じものを見た記憶がある。

「あの軍装は……」

どうやら、レナルドとグレアムも気付いたようだ。

アイザックだけが真顔のままで、じっと馬車の人物が降りてくるのを見つめている。

「やあ、アイザック殿下！　迎えに来たよ!!」

――そして次の瞬間、勢いよく開いた扉から、妙に快活な挨拶が聞こえてきた。

現れたのは、晴れた空のような明るい青色の髪の男性だ。

肩口で切りそろえられたそれは、彼の動きに合わせてサラサラと躍《おど》っている。

雪に似合う白い肌には、猫のようなぱっちりとした瞳が輝く。虹彩《こうさい》の色は深海のような濃い青だ。そして、金装飾が眩《まぶ》しい真っ白な盛装には、この国の紋章が刻まれていた。

「まさか貴方が来るとは思わなかったな。トリスタン殿下」

アイザックの若干嫌そうな呼びかけに、リネットもその人物を思い出す。

彼は最初から結婚式に参列予定だった数少ない人物で、後々《あとあと》家族の参加が増えたことにむしろ不満をこぼしていた。

さして交流のなかったヘンシャルからの客人にも関わらず、終始ロッドフォードに対して友好的な態度を貫《つらぬ》いた変わった男性。確か結婚式では、『自分はアイザックのファンだ』と自称していたか。

「改めまして、ようこそヘンシャル王国へ。この国の第二王子トリスタン・リーオ・ヘンシャルだ。どうぞよろしく！」

軽やかに名乗られた国の名前に、全員が即座に姿勢を正す。

ヘンシャルからの返答に『協力する』とは書かれていたが、まさか王子が派遣されてくるとは想定外だ。

しかし、アイザックだけは予想していたのか、ただ疲れた様子でため息をこぼした。

＊　＊　＊

「もう、水くさいですよ、アイザック殿下！　困ったことがあったら、私はいつでも協力するって言ったのに」

そんなわけで、リネットはアイザックとともにトリスタンの馬車に乗せてもらっている。

もちろん他の者たちも別の馬車で移動中だ。王家が用意したものだけあり、寒さも感じなければ椅子《いす》のクッションもふっかふかである。

「充分すぎるほど協力してもらっている。街まで徒歩の予定だったから、本当に助かった」

「あそこから歩いて移動っていうのが、もう軍人思考だよね。女の子がいるんだから、少しは気を遣いなよ」

お高い馬車を堪能《たんのう》しているリネットの向かいでは、トリスタンが呆れた様子でため息をついている。

確かに、普通の女の子が一緒ならありえない行程だが、あいにくリネットは元野生児だ。むしろ、よく今のリネットが女だと気付いたものだ。

「私は慣れていますので」

リネットが遠慮気味に答えると、トリスタンは目を細めて微笑んだ。

「良い奥さんだね」

「あ……」

しかも彼は、名乗ってもいないリネットが妻だとも気付いていたようだ。

結婚式で挨拶はしたが、地味な己を覚えていてくれるとは思わなかった。

「ああ、リネットは最高の妻だぞ」

「わあ、惚気《のろけ》られた！　ああ、ごめんね奥さん。私とアイザック殿下と、マクファーレンのソニア王女が、実は全員同じ歳《とし》でね。三国で横並びなんて珍しいから、つい色々と気にしちゃうんだよ。まさか、アイザック殿下が一番最初に結婚するとは思わなかったけど、幸せそうでよかった」

「そ、そうだったのですね……」

ソニアが同じ歳なのは知っていたが、トリスタンまでそうだとは初耳だ。隣国同士で王族が全員同じ歳なんて、確かにとても珍しい。

（というか、アイザック様ってこういう方に妙に好かれる気がするわ）

トリスタンの話し方を聞いていると、つい別の男性の姿が重なる。蔑称《べっしょう》のようなあだ名をつけられても全く動じない、眼鏡《めがね》の某《ぼう》魔術王子が。

（こういう方を引き寄せる血なのかしら？）

好かれる血ならば、きっと良いことだろう。現に今も、雪道を歩くことなく目的地へ向かえているのだから。

「あ、そうだ。アイザック殿下から指定された茶葉の加工業者なんだけど、あれ名前が間違っていたよ」

「……何？」

ぼんやりと外を眺めていたアイザックが、トリスタンの声に眉をひそめる。

彼はそんなものお構いなしに一枚の便箋《びんせん》とペンを取り出し、文字を書き込んでいく。

「ハームワース……」

リネットが音読すると、トリスタンはその名前の中央にさっと一文字書き加えた。

「これで〝ハームズワース〟と読む。ヘンシャルにある加工業者の名は、ハームズワースだよ。名前の綴《つづ》りが間違ってる。それに、確かに加工業には最近参入したけれど、ハームズワースはもともと茶葉を生産していたところだ。おかしな点はないよ」

「そんな……」

てっきり悪党のところに行くとばかり思っていたリネットには、驚きの事実だ。

だとしたら、この住所も悪党が騙《かた》っただけの出まかせだったのだろうか。最初に見つけた、山の途中の住所のように。

「名前は間違っていたけど住所は合っていたから、とりあえずそこに向かっているよ。だけど、私も自国の罪のない労働者を責めるようなことはできないから。それは先に承知しておいてくれるかな」

「……もちろんだ」

馬車の中に重たい空気が流れる。ヘンシャルに来れば何かわかると思ってきただけに、ここでそれを否定されるのはとても痛い。

だが、リネットの気持ちなどお構いなく、馬車は走り続けて目的の場所へと辿りつく。

清潔に整理された工場には、確かに『ハームズワース』と掲げられていた。

「……ここの茶葉に、問題はありません」

工場で合流したマテウスに確認してもらったが、案の定《じょう》、扱っている茶葉はどれもちゃんとしたものだった。

そもそも、ここでの製造や管理にはロッドフォードではほぼ使えない技術、『魔術』が用いられているようで、リネットが想像していた以上にキチッと区切られていたのだ。

(監視の人数も多いし、これで何かを混入させるのは難しいわね)

今回は王族のトリスタンが同行していたので責任者に話を聞くこともできたのだが、ロッドフォードのシャフツベリー伯爵家から昔援助を受けたことはあるものの、茶葉の生産業のほうだけで、加工業では一切関わっていないということだった。

「ただ、うちの茶葉で何かをしている者がいるのは、確かだと思います」

「どういうことだい?」

「おかしな茶葉の件でここに調査に訪れたのは、トリスタン殿下が初めてではないのです」

責任者の男は、悔しそうに唇を噛《か》んでから続ける。

少し前から、貴族や商人と思《おぼ》しき者が直接工場へやってきては『気分が楽しくなるようなお茶』はあるかと訊ねていたらしい。

そんなおかしな名前の商品はないと答えると、ここの住所の入った納品書や茶葉のラベルを持ってきたそうだ。ここで売っているものだと思ったのに、と。

「ロッドフォードで取引があったものも、正しくそれだ」

「やはりそうですか……新参者への嫌がらせの類《たぐい》かと思っていたのですが、どうにも同業者ではなさそうですね。苦情ではなく、そのおかしな茶葉を求めて人が来るのですから」

「…………」

まさか依存性の高い違法薬物が混入しているとは言えず、リネットたちはそのまま工場を後にした。

責任者が『せっかくですからお土産《みやげ》に』と持たせてくれたものが大変質の良い茶葉だったので、余計にいたたまれない気持ちになってしまう。

加工業者のハームズワースも、結局被害者だったのだ。

「最初はそのまま使っていたが、本物のハームズワースのほうに顧客が行ってしまったので、途中から嘘《うそ》の住所を載せ始めたというところか」

「そんな感じだね。名前を間違えていたのもわざとなのかな。一文字抜いただけなんて適当極まりないけれど」

「だが、用心深い者が調べても〝ヘンシャルの新参の加工業者〟が本当に見つかるんだ。うっかり綴りを間違えた、で誤魔化《ごまか》しもできてしまう」

「嫌らしいやり方だね。しかも、わざわざ買いに来る人間が出てしまっているとなると、私も楽観視はしていられないな……」

馬車の中で向かいあった二人の王子が、揃ってため息をつく。

ロッドフォードで起こった問題だと思っていたが、ヘンシャルで先に流通していたものが流れ込んできたのが正解のようだ。

「……とにかく、今日のところは休もう。宿を手配してあるから」

トリスタンが視線を向けた窓の先は、すっかり日が落ちてしまっている。

もともと日照時間が短い季節に加えて、今日は移動でほとんど時間を使ってしまったのだ。

それでも、馬車を借りたおかげで徒歩予定よりははるかに早いのだが、この結果はなかなかに応える。

(……収穫はなし、か)

ほどなくして到着した宿は、貴族の別荘のような素晴らしく豪華なところだった。

外の寒さを感じることもなければ、暖められた部屋と寝床で美味《おい》しい料理が食べられる。

普通の旅行なら存分に楽しめたのだが、残念ながら今回はそれが目的ではないので、皆が集まると自然と空気が沈んでしまっていた。

「アイザック殿下、これを見てくれるかな」

そんな中、トリスタンが護衛たちとまとめていた書類をアイザックに差し出す。ほのかに光が散っているそれは、ロッドフォードではやはりお目にかかれないものだ。

「これは……魔術で栽培している植物を調べたのか？」

「説明する前によくわかるね。〝剣の王太子〟が魔術にも精通しているっていうのは本当か。まあそれはいいとして、私たちが把握しているところで『覚め草』は育てられていないのだけど、国内のどこかに『覚め草』の生育反応が出てしまっているんだ」

「…………」

トリスタンが指で示した数字は、ごく微量ながら『覚め草』がヘンシャル内にあることを示している。だが、その生育場所が王家の管理外になっているらしい。

「そんな場所がありえるのか？」

「……アイク兄さん、お邪魔しても？」

書類を睨《にら》む二人に割り込んだのは、珍しく前髪を上げたマテウスだ。久々に見えた彼の顔は、王族の血筋らしい凛々しい表情を浮かべている。

「私にも聞かせてくれるかい？」

「もちろん。『覚め草』は、寒い地でも育つ強い一年草だ。今新しく植えるのは無理でも、雪が解ければ雑草に混じってでも生える。管理していない荒地でも、生育する可能性は充分にありえる」

(マテウス様、口調口調！)

他国の王族の前でもボソボソ喋《しゃべ》りだったらどうしようかと思ったが、説明口調でも敬語ではなくなってしまうので、リネットは一人ぎょっとしながら様子を窺《うかが》う。

幸い、トリスタンたちは内容を重視して、口調は気にしていないようだ。

ただ彼は、マテウスの説明を聞いても困ったように眉を下げた。

「残念ながら、私たちが把握できていない土地というものがほとんどないんだ。それこそ、あの国境の山ぐらいだよ」

「……そう、ですか」

マテウスの説明は的確だったが、そもそも荒野が存在しなかったらしい。

唯一の例外が、あの見上げた白い塊だ。思い出すだけでリネットも背筋が寒くなる。

春でも何の植物も生えないと〝言われている〟国境の岩山――。

「……………言われている、だけ？」

ふと、リネットの胸にそれがひっかかった。

ヘンシャルは魔術を使う文化の国なので、燃料石の洞窟のせいで魔術が使えない国境の山はずっと放置されてきた。今正に、トリスタンも〝管理外〟だと口にしている。

だが本当に、あの山は何も育たない場所なのだろうか？

「リネット？」

俯《うつむ》き考え始めたリネットに、グレアムが声をかけてくる。

そうだ、兄妹《きょうだい》が育った故郷のアディンセル領だって、富んだ他の領地から〝不毛の地〟と揶《や》揄《ゆ》されたことがあった。

だけど実際には、一応食物が育てられる土地であったし、山もあり狩りもできた。

それを令嬢がしていたのは間違いだろうが、思い込みによって『できない』と片付けられている可能性はあるかもしれない。

「――アイザック様、あの山に登りませんか？」

「リネット!?」

思いついたままに問いかければ、当然ながら周囲から驚きの声が上がった。

それはそうだ。実物を見たリネットだって、それが自殺行為だということはわかっている。

それでも、もしこの国で『覚め草』を育てるとしたら。自分が悪党の立場になって考えた時、ヘンシャルで隠れられるのはあの山だけだ。

「……本気、なのか？」

「はい。私一人でも構いません。行かせて下さい」

「それはできない。リネットは俺の傍から離れないと約束しただろう。妻が行くのなら、夫である俺も行く」

アイザックは非常識な提案にも、当たり前のように答えてくれる。

王太子を危険にさらす愚かな案にも関わらず、彼の答えが嬉しくて温かい。

「正気かい、アイザック殿下。言っておくけれど、あの場所では魔術が使えないから、王家からも大した支援はできないよ?」

(ああ、やっぱりそうなんだ)

トリスタンからこういう言葉が出てくる時点で、ヘンシャルとロッドフォードは決定的に違うと確信してしまう。

ロッドフォードという国は……かつて、魔術師から逃《のが》れるために山に登った騎士たちは、〝魔術を使う〟という発想が最初からない。信じているのは、己の体のみだ。

だからこそ、あの山はヘンシャルの人間を欺《あざむ》けるのだろう。リネットは違和感に気付けたのに、魔術が当たり前だからこそ、トリスタンたちは視野が狭くなってしまうのだ。

(これで可能性が上がってしまったわ)

「トリスタン殿下、許可をくれるか? こちら側の山はヘンシャルの土地だ。勝手に入るわけにはいかないだろう」

「……いや、いらないよ。あの山はほぼ管理を諦《あきら》めている土地だ。だからこそ、私もできることが限られる。……まったく、必要なものは、登山装備と防寒具でいいかな? こっちで準備するから、君たちは体を休めるといい」

真剣な顔で頼むアイザックに、両手を広げたトリスタンは半《なか》ばヤケ気味な口調で答えた。

安全を保証はできなくとも、できる限りの協力はしてくれる、ということだ。

「……っ、ありがとうございます！」

思わずリネットが感謝を伝えれば、くるりと背を向けたトリスタンが、後ろ向きのまま手をふってくれる。

今回も前途は多難だが、それでも協力者にだけは恵まれたらしい。

「ご厚意に甘えよう。リネット、今夜はもう休むぞ」

「はい！」

我ながらとんでもない提案をしたものだが、後に引くつもりもない。

解決すると宣言したのだから、王太子妃の名にかけて必ず悪党を見つけてみせる。

——いざ、白亜の雪山へ。

5章　雪山で見つけたもの

異国で迎えた翌朝も、抜けるような美しい青空が広がっていた。

(晴れてくれて、本当によかった)

これから雪まみれの場所へ向かうのだから、追加で空から降ってこられたら、それだけで気が滅入《めい》るというものだ。

太陽は昼へ向かってゆるやかに中天を目指している。今が絶好の登山時間だ。

「……で、君たち本当に全員あの山を登るのかい？」

決意を固めるリネットの背後から、不満げなトリスタンの声が聞こえてくる。

——ふり返って応えるのは、リネットを含めた五人全員だ。

アイザックが来てくれることは昨夜の内に聞いていたが、まさか他の皆まで同行してくれるとは、さすがに予想もしていなかった。

「正直なところ、私は私だけで登るつもりだったんですけど」

「俺はリネットから離れないと言っただろう」

提案者であるリネットが答えれば、続けてアイザックがリネットの手をぎゅっと握りしめる。

「オレは、そのおバカな王太子妃の実兄《じっけい》なので。山には慣れてますし」

「同じく、私は義兄《ぎけい》です。そして、王太子殿下の側近《そっきん》でもありまして」

「僕、も……慣れて……す」

そして、グレアム、レナルド、マテウスの順に自己申告を続けていく。

彼らの目には強い決意が浮かんでおり——マテウスは微妙に見えないが——決して強要されたわけではないことがわかる。

そして全員、トリスタンが提供してくれたもっこもこの登山用上着を着用中だ。

薄い茶色の生地はたいへん厚く、裏地が起毛になっているのでとても温かい。さらに、首回りと袖にはふわふわの毛皮付きだ。

「……全員行くってどういうこと？　ロッドフォードの軍人って、本っ当に過酷なことが好きだよね⁉」

「マテウス様は、軍属ではなく学者ですよ」

「今は俺の部下だから、似たようなものだろう」

リネットが微妙に訂正するが、トリスタンは当然聞いていない。

なお、五人の横ではアイザックの部下四人のジャンケン対戦が繰り広げられている。連絡要員として二人は待機、残り二人が主にマテウスの護衛役として山を登る予定だ。

言うまでもないが、勝者が山登りである。どこまでもアイザックに付き合うその姿勢《しせい》は、つくづく部下の鑑《かがみ》だ。

「あんな悍《おぞ》ましい山を登ろうなんて、狂気の沙汰《さた》だよ」

トリスタンの視線の先には、昨日《きのう》と同じく真っ白な塊《かたまり》がそびえたっている。

どこを見ても一面の白、地面があるのかすら不安になるような積雪量だ。

「ちゃんとブーツは履《は》き替えた？　杖《つえ》も持った？　縄《なわ》は？　ほら、全員耳当てしっかりつけて！　雪山舐《な》めたら死ぬよ？」

「トリスタン殿下は、意外と世話焼きだったんだな」

「目の前に自殺志願者が束《たば》でいたら、世話を焼きたくもなるよ!!」

昨日はアイザックをふり回す人物に似て見えたのに、今日《きょう》は一転して真逆だ。

そして、彼が一晩で用意してくれた防寒具は本当に温かく、軽い上に頑丈でとてもありがたい。これなら、小柄なリネットでもいつも通りに動けそうだ。

「ご協力、本当に感謝しますトリスタン殿下。『覚《さ》め草《ぐさ》』の憂《うれ》いは、私たちが必ず晴らしてみせますので！」

「それはできたらでいいから、まずは生きて帰ってきてよ奥さん。君にもアイザック殿下にも、私の結婚式に出席して欲しいからね！」

「はい、必ず！」

強く頷《うなず》いて、部下が合流した七人の部隊は白亜の山へ足を向ける。冬は明るい時間が短いので、やるなら迅速《じんそく》にやらねばならない。

「帰りを待っているよ」

「ああ、いってくる」

心配そうに手をふるトリスタンに、アイザックの強い挨拶《あいさつ》が返される。

そして純白の山に一歩、確かな足跡が刻まれた。

＊　＊　＊

「……で、普通に登ってきたけど。案外いけるわね、兄さん」

「そうだな。意外と普通に山だったな」

トリスタンのもとを離れてから数十分ほど。距離にして、だいたい山の五分の一程度を登ったところだ。

あまりの白さに最初は恐る恐る足を踏み入れていたのだが、いざ入ってみると積もっていた雪は膝《ひざ》程度で、地面もちゃんと存在していた。

それでも一番背の低いリネットにとっては厳しい量ではあるが、伊達《だて》に野山で狩りをして生きてきてはいない。

身の軽いグレアムと協力して高所や岩を上手《うま》く使い、比較的さくさくとここまで進んできている。

「アディンセル兄妹《きょうだい》、おかしくないですか？」

一方で、レナルドはあまり雪山を登ったことがないようだ。

体力的には平気そうだが、よく足を取られてげんなりした顔をしている。やはり、王都で暮らす高位貴族となると、軍人でも山にはあまり入らないらしい。

アイザックも多少はマシだが、やはり歩きにくいのだろう。野猿が如《ごと》く駆けていくリネットたちの様子を見て、眩《まぶ》しいものを見るように目を細めて笑っていた。

「…………危な……」

「うわあっ⁉　すみません、感謝します」

そしてこの中で、一番意外だったのがマテウスだ。

山に慣れていると言っていた通り、彼の動きは最適化されていて、体力を無駄遣《むだづか》いせずに進んできている。

また、地形に対する知識もあるようで、今も護衛が踏み抜こうとした水溜《みずた》まりを、先に肩を掴《つか》んで注意していた。

たかが水溜まりとはいえ、恐ろしく冷たい雪解け水だ。もし浸《つ》かってしまったなら、下手《へた》をしたら凍傷になってしまう。雪山では常に油断はできない。

もう少し大きな声で注意をしてくれればよりありがたいのだが、聞き取れるだけでもマシなほうだ。

「あ、いい岩場がある。兄さん、先に行くからアイザック様に休憩《きゅうけい》を聞いてみて」

「了解。転ぶなよ」

そして、山登りで必要なのは適度な休息だ。

休みすぎたら動けなくなってしまうが、ある程度は休まないと、いざという時に地獄をみることになる。

（……うわあ、高いな）

見上げた頂上はまだまだはるか遠く、目が痛くなりそうなほどに白い壁が続いている。

とはいっても、今回の目的は登頂ではない。この山に隠されている可能性の高い『覚め草』と、それに関わる悪党の情報を得て捕らえることだ。

これを越えてロッドフォードに帰れと言われたら地獄だが、そうではない分いくらか気分も落ち着いていられる。

「そうだアイザック殿下、今の内に渡しておきます」

リネットが見つけた岩場に皆も集まってきたところで、グレアムが荷物から何かの塊を取り出した。手のひら程度の大きさで、食べ物には見えない硬そうな物だ。

「これは、燃料石か。いつ持ってきたんだ」

「えっ⁉」

グレアムが手渡したのは、アイザックにとってある意味最強の武器だった。

しかも青白く光るそれには、とても見覚えがある。

「まさか、あの地下洞窟《どうくつ》のものなの？」

「ああ、超高純度の魔素が詰まった石だよ。エルヴェシウスから訪れた研究員が、特に中身が濃いものを選別してくれたんです。何かあった時用に、アイザック殿下に渡してくれと。ちなみに盗んだのではなく、貴方《あなた》様が先の件の報酬《ほうしゅう》として渡した分からですよ」

「……ファビアン殿下か」

グレアムが無言で頷いたのを見て、アイザックは困ったように笑った。

あの魔術師王子は時折、予知能力があるのではと思うほど的確な手助けをくれる。

今ここでアイザックの手に渡ったのも最高の時機、正《まさ》しく鬼に金棒だ。

「それにしても、もっと早く渡してくれてもよかったぞ」

「緊急時以外で貴方様に渡すと、リネットのためとか言って無駄遣いするのでダメですよ。今日のような時にこそ使って下さい」

「リネットのために使うなら、無駄遣いではないと思うが」

「無駄です」

実兄に無駄呼ばわりされるのも悲しいが、今日使うのと日常で使われるのを比較したら、やっぱり無駄だっただろう。

アイザックもわかっているのか苦笑しながら、塊石に静かに力をこめた。

「あ……」

直後、リネットたち七人の周りを囲うように、半透明のカーテンのようなものが浮かび上がる。視界を邪魔《じゃま》しない程度の、柔らかい囲いだ。

「殿下、これは？」

「簡単なものだが、結界の魔術だ。ある程度は風を凌《しの》げる」

「……本当だ。風が、こない……」

魔術に縁のないマテウスたちが、興味深そうに結界をつつく。

この一瞬で七人を覆《おお》う魔術を展開するのだから、改めてアイザックの天才ぶりが窺《うかが》える。

「アイザック様は本当に、魔術師としても歴史に名を残せる方ですよね」

「そんなものはいらん。何せ俺は〝魔術師殺し〟を妻にしたんだからな」

リネットが素直に感心して呟《つぶや》くと、アイザックはあっさりとそれを否定して……伸ばした手を残念そうに戻《もど》した。

リネットには、件《くだん》のファビアンが名付けた〝魔術師殺し〟という体質が備《そな》わっている。

触れただけで全ての魔術師を無力化してしまう、魔術師にとって天敵のような存在。

かつて女性を近付けなかったアイザックにリネットだけが触れられたのも、この体質によるものだ。

ただ今となっては、魔術を使っているアイザックに触れられなくなってしまうので、互いに少し寂しい体質でもある。

「何にしても、寒さが凌げるのはとてもありがたいです。アイザック様の魔術が効いている内に、『覚め草』を見つけましょう」

「そうだな。もう少し休んだら、探索を再開しよう」

「なんでそんなに元気なんですか、貴方がた……若さが羨《うらや》ましいです」

一人ため息をこぼすレナルドに、周囲からも笑いがこぼれる。

最初はどうなることかと思った山登りだったが、これなら目的まで頑張れそうだ。

＊＊＊

それからも皆で協力しながら雪山を登り続け、おおよそ半分付近まで来ることができた。

標高が上がるにつれて雪は濃く、空気は薄くなっていくが、今のところアイザックの魔術のおかげもあり、全員が倒れることなく歩けている。

(問題は、ここからね)

見上げた空に太陽は見えず、いつの間にか灰色の厚い雲が覆っている。

寒さを抑えていたので気付くのが遅れたが、周囲に広がっているのは雪を降らせる雲だ。もし魔術で耐えられるとしても、視界が悪くなれば捜索は難航するだろう。そのまま日が落ちてしまったら、さすがに命の危険度がグッと上がってしまう。

（できれば夜になる前に、何かを見つけたいけど……）

リネットの良すぎる目をもってしても、白い世界にぽつぽつと岩が転がっている風景しか見えない。枯れ木すらほとんどない寂しい世界に、ついため息が出てしまう。

もしかしたら、探している『覚め草』は全部雪の下に埋もれているのかもしれない。その状況で生育できているとは信じがたいが、もしそうなら捜索は絶望的だ。

「どうしよう……」

空が暗くなるのに合わせて、気分も沈んできてしまう。

早く早くと焦《あせ》りだけが募《つの》る中、突然グレアムがバッと顔を上げて空を仰《あお》いだ。

「……兄さん？」

「人の生活音がする」

「えっ⁉」

急に何を言い出すのかと思えば、彼は身軽な動きで先へと走り出してしまう。

妹のリネットが追うべきなのだが、それよりも先に動いたのはマテウスだった。

「………燃える、匂い？」

彼らは一体何を感じとっているのか、止める間もなくマテウスも同じ方向へ続いていく。

当然ながら、リネットには彼らが言ったようなものは何も感じられない。

「グレアム、マテウス！　勝手な行動は慎《つつし》め！」

駆けていく二人を、アイザックと部下たちが慌《あわ》てて追いかける。

やや遅れてしまったリネットも、目を活用するべく足を踏み出す……のだが、

「リネットさん下がって!!」

次の瞬間、悲鳴のような声とともに、グッとリネットの腕が背後に引かれた。

姿勢を崩《くず》して後ろに倒れれば、受け止めてくれるのはレナルドの広い胸だ。

「レナルド様、何を……っ!?」

リネットが聞き終える前に、目の前を真っ白な川が埋め尽くす。

「…………ッ!!」

ほとんど音もなく、まるで世界を塗《ぬ》り潰《つぶ》すような異様な白が流れていく。それは幻でも何でもなく、実際にそこにあった雪の塊だ。

（小規模だけど、雪崩《なだれ》が！）

あっと言う間にリネットの前には真っ白な壁ができ、アイザックたちとの繋《つな》がりを分断してしまった。

なすすべもない自然の脅威《きょうい》に、背筋を嫌な汁が伝っていく。

「リネット！　リネット、無事か!?」

「は、はい。レナルド様が止めてくれたので無事です！　ですが、この道は行けそうにありません……」

「くそっ！」

アイザックの悔しそうな声が、舞い散る粉雪に吸い込まれていく。

普段なら殴《なぐ》るなり斬るなりで壁を壊してくれる彼でも、さすがに雪の塊を壊すことはできない。破壊自体は可能でも、その衝撃でまた雪崩が起きかねないからだ。

「殿下、私たちは迂回《うかい》して合流できる場所を探します」

「……わかった。無理だと思ったら、お前たちだけでも下山しろ。道がわからずとも、下へ降りることはできるだろう」

「了解です」

一度崩れた以上、同じ場所に留《とど》まるのは得策ではない。

リネットは名残惜《なごりお》しい気持ちをぐっと堪《こら》えて、レナルドとともにアイザックから離れていく。

手がかりも見つけられない上に分断されてしまうとは、正《まさ》に踏んだり蹴《け》ったりだ。

（でも、レナルド様が止めてくれなかったら、あの雪に飲まれていた）

少しふり返れば、暴力的なまでの白さが視界に飛び込む。もしあとわずかでもレナルドが遅れていたら、リネットはあの純白の川に流されてしまっていたのだ。

レナルドは雪道にはずっと苦戦していたが、それでもやはり頼りになる。

「大丈夫ですか？　リネットさん」

「はい。助けて下さり、ありがとうございました」

「どういたしまして。しかし、私と二人だけというのは失敗でしたね。私は魔術も使えませんし、五感も鋭《するど》いわけではないので」

「貴方がいて下さるだけで、充分すぎるほど頼もしいですよ」

はぐれないように身を寄せ合うと、いくらか温かい。アイザックの魔術がなくなった以上、しばらくは二人で協力して動かなければ。

「さっき兄さんたちが見つけたものが、私にも見えるといいんですけど……」

「貴女《あなた》の目に期待していますよ。戦闘になったら呼んで下さい」

ぎしぎし、と雪を踏む重い足音が響いていく。

道のりはどこまでも白く、まだ遠い。

＊＊＊

「リネット、レナルド……」

一方で、二人と別行動になったアイザックは、不安を抱《かか》えつつも目指していた先へと歩き出していた。

可能なら二人を追いかけたいが、ゆるい雪を崩してしまったら、また流れる恐れがある。

寒さや冷たさももちろんだが、雪の恐ろしいところは変幻自在の形だ。

固まれば岩のように重く硬く、流れれば命を奪う氷の激流と化す。どちらがくるかがわからないと、人間などひとたまりもない。

(リネットの〝魔導具〟を、持ってこさせるべきだった)

今更《いまさら》ながら、胸に後悔が募る。

魔素の詰まった燃料石とは違い、魔術そのものをこめるのが魔導具だ。

アイザックが作成したそれらは装飾品としてリネットに贈っており、二人の繋がりとして長らく重宝していた。

だが、結婚式の前に起こった騒動で、暴走を避けるべく無力化させてしまったのだ。今日も、恐らく持ってはいないだろう。

グレアムが燃料石を持っていると知っていたなら、この場で魔術のこめ直しもできたというのに。

(どうか、二人とも無事でいてくれ)

――とにかく今は、先へ進むしかない。

先導する部下たちに続いて雪を踏みのぼると、若干《じゃっかん》困惑した様子のグレアムとマテウスが開けた場所で佇《たたず》んでいた。

「待たせたな。報告を聞こう」

「あ、はい。オレはこれ以上近付けないのですが、音の出所はこの奥です」

「匂いも……」

二人は同じ一点を指さしながら、どうしたものかと眉をひそめている。

示された場所は一見ただの雪の塊しか見えないが、魔術に適性のあるアイザックには、肌で感じ取れるものがあった。

「これは、認識阻害《そがい》の魔術だな。しかも、かなり強力なものだ」

アイザックが断言すると、四人が驚いた様子で顔を見合わせる。

この岩山は、ロッドフォード同様に魔素がないからこそ、ヘンシャル王国にも管轄外《かんかつがい》だと捨て置かれていたのだ。

にも関わらず、平然と魔術が展開されている。

「……嫌な予感がするな」

アイザックは燃料石を取り出し、何もない空間に向ける。

――そして次の瞬間、ガシャンとガラスが割れるような音を立てて、見えない何かが砕け散った。

「うっ、すごい音がしたな……殿下、これは⁉」

続けて、歪《ゆが》んだ空間から現れるのは――雪山に明らかに不似合いな〝建物〟だ。

「小屋？　いや、この規模だと山荘か」

徐々に輪郭《りんかく》をはっきりさせていくのは、全面が木でできた二階建ての建造物。明らかな人の住居だ。

不毛の山と呼ばれたはずの場所に、人の作ったものが鎮座《ちんざ》している。

「リネットの予想が正解だったか。トリスタン殿下が見つけられないわけだ」

あまりの光景に半《なか》ば笑いながら、アイザックは腰に下げた剣を抜き放つ。

グレアムのような良い耳がなくても、もう聞こえてくる。

認識阻害魔術を破られたことに焦り、慄《おのの》く人間たちの声が。

「さて、ここからは軍人の仕事だぞ。わかっているな？」

「もちろんです」

アイザックと部下たちと、珍しくグレアムもが短剣を構えた――と同時に、山荘の扉が荒々しく開かれる。

飛び出してきたのは、山を登るには軽装すぎる男たちだ。

いずれも明らかにそういう風体であり、錆《さび》のついた斧《おの》や鉈《なた》を構えている。

「殺せ!!」

わかりやすすぎる殺意とともに、男たちが走り出す。

「……やれやれ」

応えるように、〝剣《つるぎ》の王太子〟の刃《やいば》が白銀の世界に舞った。

＊＊＊

「少し、降ってきましたね」

アイザックたちと別行動になったリネットとレナルドは、崩れやすい雪を迂回しつつも、上を目指して足を進めていた。

しかし、ふわふわと舞いだした雪に、二人揃《そろ》ってため息をこぼしてしまう。

太陽が隠れた時点で時間の問題だったが、思っていたよりも雪が降りだすのが早い。時間が経《た》てば、吹雪《ふぶき》くかもしれない。

「下に山ほどあるんだから、上からも降らなくていいのに」

「そういう季節ですからね。リネットさん、寒くないですか？」

「これぐらいなら大丈夫です」

「貴女が元野生児で、今ばかりは助かります」

作法の教師としては迷う発言だが、レナルドが楽しそうなので良しとしておこう。

だが、状況はあまりよろしくない。雪が本降りになってしまえば、進むどころか下山することも難しくなってしまう。

（なんとか、アイザック様と合流したいけど……）

すり寄ったレナルドの体は、かなり冷えてしまっている。このまま進んだとして、二人とも動けなくなる未来しか見えないのはとてもまずい。

「なんとか、しなきゃ……」

真っ白な世界に、雪が舞っていく。ふわふわとした、見ているだけなら幻想的な光景だ。

――その雪が、ある一か所でのみ奇妙に途切れていた。

「ん？　なんだろう……」

リネットは自慢の目を凝《こ》らして、じっと見つめる。

やはりその場所にのみ、雪が落ちてこない。パッと見何かがあるようには見えないのに、雪がそこに近付くと消えてしまうのだ。

「レナルド様、何か見つけたかもしれません」

「おお、さすが狩猟民族！」

「誰がですか！」

冗談を言い合いつつも、二人は足を合わせてその場所へ向かう。

近付いてみれば、リネットの目にはハッキリと映った。雪が落ちてこないそこは、奇妙に景色が歪んでいたのだ。

「これってもしかして、認識阻害の魔術？」

「ああ、地下洞窟でかけられていたものですか？　近付かないと、把握《はあく》できないという」

ファビアンが言うには、強いものだと魔術師が解かなければ近付くこともできないそうだが、今目の前にあるものは違和感を覚えるだけで弾《はじ》かれるような様子はない。恐らくは、それほど強い魔術ではないのだろう。

リネットとレナルドは頷き合うと、そっと一歩足を踏み出す。

――直後、視界に映ったのは、三角屋根の炭焼き小屋のような建物だった。

「こんな、ものが……」

驚きつつも、二人は一歩一歩進んでいく。

形だけは炭焼きのそれだが、薪《まき》も竈《かまど》もなく小屋の中はがらんとしている。当然だ、この山には薪にできるほどの木が生えていない。

だが、雪を凌げる程度にはしっかりとした造りらしく、中に入った二人はどちらからともなく安堵《あんど》の息をこぼした。

「これは、昔に建てられたものでしょうか？」

「いえ、ここは何百年も前から不毛の地だと言われている山ですよ。こんなところに炭焼き小屋を建てるはずがありません。それに、先ほどの魔術も説明がつかない」

「ですよね……」

何にしても、この山に自分たち以外の人間が入っていることが確定してしまった。リネットの予想が当たったわけだが、それでもあまり嬉《うれ》しいとは思えない。

(物置きにでも使われていたのかな)

小屋の中に生活に必要なものはなく、薄汚れた麻袋《あさぶくろ》が積まれているばかりだ。

何とはなしに、リネットはその内の一つを覗《のぞ》いて——嫌な真実が、繋がってしまった。

「これは……」

横から覗いたレナルドも、それ以上は言葉を失っている。

麻袋に詰められていたのは、麦でも野菜でもない。

青白く光る、燃料石の塊だったのだ。

「繋がっていた……まだ、終わってなかったんだ」

結婚式の前に全部終わらせたと思っていた、二国間を走る鉱脈と地下王国の一件。全員が捕《ほ》縛《ばく》されたはずだったのに、こんなところに残党がいたとは。

(いや、違う。多分最初から、二つの組織があったんだわ)

一方は地下で燃料石を掘り、一方はその燃料石を使って〝不毛の山〟に根城を作る。

魔術が使えないと思われているからこそ、ヘンシャル王国から警戒の薄い場所で、しっかりと魔術を使って。

「なんてこと……」

人目を避けるような人間が、正しい行いをしているはずもない。きっと、この山のどこかに違法薬物『覚め草』を扱っている証拠もあるはずだ。

そうとわかれば、速《すみ》やかにアイザックたちと合流して、悪党の所業を突き止めなければ。

「……あ」

そう二人が結論づけた瞬間、それを裏付けるように雪を踏む足音が響いた。

慌ててふり返れば、そこには目を見開く男が五人立ち尽くしている。

ここが燃料石を保管していた倉庫だとしたら――彼らはその補充にきた魔術師だろう。

「ヒッ……こ、ここにも⁉」

「待ちなさい！」

踵《きびす》を返して逃げようとする彼らに、すぐ反応したレナルドの刃が迫《せま》る。

「うぎゃっ⁉」

まず一人は逃れ切れずに雪原に伏したが、残りの四人は短剣のような何かを構えて応戦するようだ。いや、よく見ればそれは刃物ではない。

(棒……いや、魔術師の杖ね！)

リネットはロッドフォードでも何度かそれを目撃している。長さが短いのは、きっとすぐに取り出せるように軽量化したのだろう。

柄の先に燃料石がついた、魔術師の必需品だ。

「魔術師相手なら！」

剣を構えるレナルドの横を駆け抜けたリネットは、すぐに姿勢を落として滑り込む。

「おわっ⁉」

そのまま、手前にいた一人を足払いで転倒させ、すぐ隣の二人の足を掴む。

「なんだっ⁉」

「レナルド様！」

急いで声を張り上げれば、意図を汲《く》んだレナルドが捕まえた二人に向けて、大きく剣をふり払った。

ただでさえ足場が不安定な雪原で、かつリネットに足を掴まれているのだ。

当然逃げることなどできなかった二人は、一閃《いっせん》のもとに呻《うめ》き声を上げて倒れ伏した。

「さすがです」

「貴女とグレアム殿の連携には程遠いですがね。ああもう、雪まみれになって……」

剣を鞘《さや》に納めたレナルドは、息をつきながらリネットに手を差し出してくれる。

だが、リネットの背後では、最後の一人がつんのめりながら逃げていくところだ。

「レナルド様、賊《ぞく》が！」

「一人は残しておくのが鉄則ですよ、リネットさん」

慌てるリネットに微笑《ほほえ》んだレナルドは、藍色《あいいろ》の美しい瞳を細めて見せる。

「向かう先が見えている以上、あれは〝道案内役〟なんですよ。さ、追いますよ、リネットさん。まだ仲間がいるようです」

「は、はい！」

軍人らしさを垣間見《かいまみ》せたレナルドに驚きつつも、リネットも彼に並んで走り出す。

だんだんと勢いを増してきた雪の中、それでも絶対に逃がさないと強く誓って。

＊＊＊

（さて、これはどうしたもんかな）

――リネットとレナルドが雪原で追いかけっこを始めた頃。

襲いかかってきた賊をいなしたグレアムたちは、山荘の中へと踏み込んでいた。

「なんだこいつら……殺せ!!」

予想よりも多い人数の賊たちがまた武器を持って襲ってくるが、こちらは〝剣の王太子〟と彼に連《つら》なる精鋭部隊だ。

力の差は歴然としており、鎮圧というよりもはや蹂躙《じゅうりん》である。一人戦えないマテウスがいたところで、その戦力差が覆《くつがえ》るようなこともない。

いっそ同情したくなる有様だが、隊長のアイザックが気に留《と》めることもなく進んでいくので、グレアムも追いかけるしかない。

「マテウス、ここに『覚め草』があるかわかるか？」

「………………下だ」

「下？」

怒号と物が壊れる音が響き渡る中、何度か鼻を鳴らしたマテウスが『お手洗い』と書かれた扉を引き開く。

「下り階段!?」

どうやら扉は偽装だったようで、マテウスの指摘通りに下へ降りる階段が続いている。

二階建てでも充分大きいというのに、実は地下もある三階建ての山荘だったらしい。

一体いつから賊はここを根城にしていたのか。考えるだけでもぞっとする話だ。

「ッ！　マテウス様、下がって！」

匂いを辿《たど》って先行しようとしたマテウスの腕を、とっさにグレアムが引っ張る。

間一髪のところでふるわれた棍棒《こんぼう》が、マテウスの鼻すれすれを抜けていった。

「す、みませ……」

「マテウス、頭を下げろ」

棍棒の男は即座に入れ替わったアイザックのブーツに踏みつけられ、そのまま泡を吹いて沈んでいく。軍人と比べても気の毒だが、地下の守りも大した輩《やから》ではなさそうだ。

「やはり地下にもいるな。グレアム、来い」

「人使いが荒いことで！」

なんとか階段を下りきれば、待ち構えていた男たちが武器を掲《かか》げる。だが、アイザックとグレアムが二人がかりで駆け込めば、そんなものは障害にもならなかった。

気をつけることといえば、やつらの血の匂いでマテウスの嗅覚《きゅうかく》を妨害してしまわないことぐらいだ。

「よし終わり。どうですか、マテウス様？」

「……あった。生育中の『覚め草』」

男どもを叩《たた》きのめしてから数秒と待たずに、マテウスが洋服タンスのような家具の扉を思い切り引きはがす。

中に入っていたのは衣服ではなく、青白い光で満たされた空間と、人の手のひらのような形の葉が生えた植物の鉢植えだ。

「うえ……なんだこれ。この変な形の植物が、『覚め草』なんですか？」

「間違いなく。魔術を使うと、冬でも栽培ができるのか……」

忌々《いまいま》しいものを見たかのように、マテウスの声もだいぶ低くなっている。

この匂いを辿った彼の嗅覚もすごいが、何重にも隠して違法植物を育てていたここの人間の執念も相当なものだ。

（それにしても、また魔術かよ……道理で気持ち悪いわけだ）

それが得意でないグレアムにとっては、見ているだけでも胃の辺りがムカムカしてくる。

自分と相性が悪いことは承知しているが、それ以前に魔術師がやらかすところばかり見ているせいで、魔術に対して拒絶症状が出てしまうのだ。

「ああ、吐《は》きそう。全部潰してえ」

「ダメですよ……証拠、ですから」

「わかってますよ。短絡的なことはしません。しませんが……」

カタン、と。かすかに聞こえた音に、グレアムはすぐに体勢を整える。

「本人を殴るのはいいですよね――魔術師を！」

バッと顔を上げれば、青白い石のはまった杖を構えた男が、グレアムたちを睨《にら》みつけている。

グレアムはパッと見、美少女にしか見えない容姿だ。弱そうな者から狙うのは正しい判断だが、残念ながら現実はそう甘くない。

「リネットがいれば、もっと確実なんだけどな」

「なっ!?　速……ッ!!」

グレアムは低い姿勢のまま一気に駆け出し、魔術師の懐《ふところ》に滑り込む。

そして、抵抗するヒマも与えずに、下から顎《あご》を打ちすえた。

「がっ……！」

若干の鈍《にぶ》い音とともに、男は倒れてそのまま動かなくなる。一瞬の攻防に、マテウスはポカンと口を開けたままだ。

「これが『梟《ふくろう》』……すごい」

「これでも手加減してますよ。オレはその植物を無暗《むやみ》に触りたくないので、マテウス様が確保をお願いします。今、降りてくる部下をつけますので」

「は、はい……」

宣言通り、やや遅れてやってきたアイザックの部下たちをマテウスにつけて、グレアムはアイザックと合流する。

彼もまた、地下に隠れていた魔術師たちを伸《の》したところのようだ。

「ゴロゴロいますね、魔術師が」

「ああ。やつらが持っているものは、地下洞窟の燃料石だ。盗掘《とうくつ》者どもと繋がっていたとは、想定外だったな」

全部片付けて、晴れやかな気持ちで結婚式を挙げたつもりだったアイザックとしては、かなり悔しい話だろう。

だが、今はそんなことを追及している場合でもない。

ロッドフォードはもちろん、ヘンシャルでも薬物混じりの茶葉が今も流通しているかもしれないのだ。

色々と世話を焼いてくれたトリスタンのことを考えても、彼らは早急に捕まえて、違法薬の流通を止めなければならない。

「マテウス様が生育中の『覚め草』を見つけました。売買だけではなく、栽培もしていたようですね」

「罪がどんどん重くなっていくな。全員倒してマテウスの安全を確保したら、俺は先にトリスタン殿下に報告に行ってくる」

「報告に？　どうやるのかわかりませんが、了解です。とりあえず、さっさとこいつらを倒しきってしまいましょう」

ちらりと柱の陰に視線を向けると、押し殺したような悲鳴が聞こえる。

緊張状態の人間は、呼吸が荒くなるものだ。それがグレアムの耳に聞こえないはずもない。

「嫌だっ！　来るなあ！」

柱の陰から飛び出た一人が、アイザックに向かって杖を構える。

と同時に、その背後からはさらに三人飛び出して、一目散に階段を駆け上っていった。

「逃げられたか」

「オレが追いますよ」

杖ごと蹴り飛ばされた最初の一人を横目に、グレアムは逃げた魔術師たちを追いかけるが

――その先で、鈍い音が耳に届いた。

「お？」

「グレアム殿ですか？　すみません、一人逃しました」

階段から転げ落ちてくる二人に続いて、雪を払いながら現れたのは、亜麻色《あまいろ》の髪の美丈夫《びじょうぶ》だ。

「レナルドお義兄《にい》様！　ご無事で何よりです」

「おかげ様で」

賊自体は全く心配のいらない相手だが、雪を越えて再会できたことは素直に喜ばしい。

二人はほっと息をついてから背後に視線を向けて……直後、レナルドの口から間抜けな音が落ちた。

「あれ、リネットさんがいない」

「は!?」

二人は一緒に分断され、恐らくは同行してきたはずだ。しかし、階段を上がってみても、視界に入ってくるのは壊れた家具類と倒れ伏す賊ばかり。

「おいレナルド、リネットは一緒じゃないのか？」

「一緒に来ましたよ！　賊の一人を追ってここまで来たので、間違いありません」

アイザックも階段を上がってくるが、やはりリネットの姿は見えない。あれは強い女ではあるが、無暗やたらとつっこんでいくような性格ではないはずだ。

「そうだ、さっき逃した魔術師……」

レナルドの呟きに、二人の視線が一か所に集まる。

——開け放たれたまま、外の雪を轟々《ごうごう》と吹き込ませている扉に。

「まさか、リネットが追ったのか⁉」

「可能性はあるかと……」

先ほどの魔術師は、燃料石のついた杖を持っていた。見てくれからしても魔術師であり、それを無力化できるリネットなら追う可能性のほうが高い。

（あの愚妹《ぐまい》！）

すぐさまグレアムも追いかけようとするが、それよりもアイザックが足を踏み出すほうが速かった。

「アイザック殿下、危険です‼」

「お前たちはマテウスと一緒にそこで待機だ！　必ずリネットを連れてくる！」

真っ白な世界の中に、対照的な赤髪が飲まれていく。

だんだんと強くなり始めた雪の中、残されたグレアムとレナルドは、ただ呆然《ぼうぜん》とアイザックの後ろ姿を見送るしかなかった。

＊　＊　＊

「こら悪党、待ちなさい!!」

白い世界の中を、やや薄着の魔術師が逃げていく。

すっかり灰色になった空からは、雪が叩きつけるように降ってくる。肌を刺す空気は冷たすぎて、もう刃物のようだ。

(せっかくアイザック様たちに追いついたと思ったのに！　こんなところで外へ逃げるなんて、無謀《むぼう》にもほどがあるわ！)

膝程度だった雪は、この辺りではリネットの太ももまで積もってきている。冷たくて寒い上に、足ももつれて動かしづらい。

(これ以上外で追いかけっこはしたくないけど、一人も逃がしたくない！)

徐々に強くなっていく風の中、もたもたと雪を掻《か》き分ける男の背を見失わないように、リネットも必死で追いかける。

ただ一手触れられたら勝てるのに、足場のせいでなかなか追いつけない。

それに、この天気の中に薄着で逃げてくるなど、たとえ賊でも放ってはおけなかった。

「いい加減、観念しなさいよ！　そんな格好じゃ死ぬわよ貴方！」

「うるさい！　うるさいうるさいうるさい……もう終わりだ、死ぬんだ！」

「何言ってるのよ！　バカな真似《まね》はやめなさい！」

張り上げる声が、雪と風の音にかき消されてしまう。

それでも、やっとのことで魔術師と距離をつめるが、彼は石のついた杖を掲げてニタリといやらしく笑った。

「は？　貴方、何してるの⁉」

「お前も死ねばいいんだよ‼」

男が掲げた青白い杖は、めちゃくちゃな魔術を込められて——山の上へと飛んでいった。


ドン、という。重く恐ろしい、何かの崩れる音を残して。


「……うそ。やだ、うそ……そんな……」

冷えた体が、もう芯《しん》から凍り付くようだ。

だが、手足は自分のものじゃないように動いて、あんなに遠かった男の手を強引に掴み取っていた。燃料石を持っていない今、リネットが何もしなくても男は無力なのに。

「逃げるわよ、走って！　走りなさい‼」

「もう終わるんだ……はは、俺も死ぬんだよ……」

「ふざけないで‼　いいから走るのよ、速く‼」

来る時に必死で掻き分けた雪を、もっと強く踏みしめる。

とにかく走る。走る。走る。

（ああ……どうして私の視力はこんなにいいのよ!!）

舞い散る雪が視界を汚していくのに、背後から徐々に迫ってくるその純白の姿を、リネットの目はハッキリと映し続けている。

『こんなのが崩れたら、ひとたまりもないな』

なんて、昨日アイザックが言っていた言葉が、何度も耳の中で繰り返される。

――雪崩なんて、ただの人間にどうしろというのか。

「嫌だ……死にたくない……こんな死に方は嫌！」

先ほど分断されたものとは、比較にならないほど大きな白い塊が迫ってくる。

あんな塊に飲まれてしまったら、もう絶対に帰ってこられない。

アイザックに会えなくなってしまう。

グレアムにも、レナルドにも。ここまでリネットを支えてくれた多くの人に、もう二度と会えない。遺体を弔《とむら》ってもらうことすらできない。

（冗談じゃないわよ！）

白い終わりが着々と近付いてくる。

ひどく重たい、轟音《ごうおん》を響かせて。

「――ああ、嘘《うそ》でしょ。こっちに行ったらさっきの山荘がある！」

ふいに、視界の中に木材の色が見えて、リネットの視界が真っ赤に染まった。

「やめて、こないで!!　こっちはダメ!!　アイザック様がいるのよ!!」

雪崩に声など届くはずもないのに、わかっていても叫んでしまう。

あの人だけは、死なせたくない。

「…………やめて、やだ……！」

引っ張ってきた男が、すぐ隣に転がるのが見える。

雪の音が大きすぎて、もう他の音は何も聞こえない。

白い世界が、壁が、迫ってくる。

「アイザック様――」


「――ふざけるな」


「…………？」

真っ白な中に、鮮やかな赤が揺れている。

燃えるような、美しい赤色。リネットが世界で一番好きな赤が、白の中で揺れている。

「ふざけるな」

低く、勇《いさ》ましい声。

戦場を駆け抜ける獅子《しし》の声であり、リネットに恋を教えてくれた優しい音。

「俺の妻を、死なせてたまるか!!」

彼の掲げた腕が、雪よりもなお眩しい光を放って輝いている。

《貫《つらぬ》け》

――次の瞬間、迫りくる白い壁が、彼の前で二つに裂けたのが見えた。


「……アイザック様?」

体が寒くて、あちこちが痛い。痛いということは、リネットは生きている。

「なんで? だって、雪崩が……」

「……ッ、俺が抑えているものが見えるなら、絶対に今触るなよ!!」

「…………え」

アイザックの声に、わずかに震えが走る。

鮮やかな赤い髪が対峙《たいじ》する先には――恐ろしいほどに白い波が、ただずっとそこにある。

「待って……待って待って待って!? 人間が、抑えられるはずが!?」

「ああ、気を抜いたら死ぬからな!! 頼むから、俺を困らせるなよリネット!!」

「は、はい!!」

信じられない。ありえない。

だが今正に、奇跡が目の前で起こっている。

たった一人の人間が、魔術で雪崩を食い止めているのだ。

(こんなことが、起こせるなんて!!)

轟音を立てて押し寄せる激流はアイザックの魔術によって真っ二つに進路を変えられ、山荘を避けた左右を恐ろしい速度で流れ落ちている。

ほんのわずかでも魔術の範囲から出たら、人間の体など一瞬で消し飛ぶだろう。

「そうだ、魔素を……ね、燃料石を持ってこないと!」

「いいからそこにいろ!!　絶対にもたせるから、どこかへ行くんじゃない!!」

「はい、すみません!」

叫びに近い制止に、リネットは姿勢を正して雪の上に座り込む。

足に染み込む冷たさは、夢じゃない。本当に、アイザックが助けにきてくれたのだ。

「夢、みたい……」

「夢ならよかったんだけどな。自然なんて、敵に回すものじゃないな」

全くもって、普通は敵に回すようなものではない。それを止めているアイザックが規格外すぎるのだ。

(本当に、なんてすごい人……)

こんな素敵な人が自分の旦那様だなんて、目の前で見ているのに信じられない。

もはや神々《こうごう》しさすら感じてきたリネットが祈りの手の形をとれば、アイザックが小さく笑いをこぼした。

「……リネット、お前は一つ約束を破ったな？」

「約束？」

「俺から離れないと約束しただろう？　それを条件に、俺はお前を連れてきたんだ」

「あ……」

彼の指摘に、リネットの体から血の気《け》が引いていく。

だが、今回は不可抗力だ。アイザックと分断されてしまったのは、この前に起きた雪崩のせいだったのだから。

「分断されたことじゃない。一人で魔術師を追ったことを怒っている」

「うっ！」

リネットが言い訳をする前に、釘《くぎ》を刺されてしまった。

確かにこの件は、リネットが悪い。せっかくアイザックたちと合流できるところで、魔術師を追うほうを選んでしまったのだから。

（その前に一度雪崩で分断されているのに、同じことをやるのもバカだわ……）

追い詰められた獲物は何をするかわからない。そんなことは、狩り場に出ていたリネットはよく知っていたはずなのに。

自分には〝魔術師殺し〟の体質があるからと、つい過信して動いてしまった。

「……申し訳ございません」

「反省して欲しいのはもちろんだが、これは警告だリネット」

「警告、ですか？」

魔術を発動しているアイザックが、ひょいと片手をリネットに向けてふってくれる。

彼の前には、まだ真っ白な地獄が健在だというのに。

「あの、アイザック様……？」

「お前にもしものことがあってみろ。俺は世界の敵になるぞ。この力を、お前を守るため以外に向けたら、どうなるかわかるか？」

「すみませんでした!!」

ニヤリと、明らかに悪い笑みを浮かべたアイザックを見て——リネットは額《ひたい》を雪にこすりつけた。

ただでさえ彼は〝剣の王太子〟として他国にまで名を馳《は》せる凄腕《すごうで》剣士だというのに、魔術師としても天才なのだ。

もしもその力を、攻めることに使ったならば……その結果は容易に想像がつく。

「俺の最愛、俺の妻。リネット、お前は俺の〝抑止役〟でもあるんだ。それを忘れるな」

「肝《きも》に銘《めい》じておきます!!」

結婚をすると〝もう一人の体じゃない〟と言われるのは聞いたことがあったが、まさかそういう意味での『妻』だとは思っていなかった。

王太子妃としての立場以上に重大な責任を負っていることに気付いたリネットは、ただただ伏したまま頭を縦にふるのみである。

「もっとも、お前が追ってくれたおかげで、そこの魔術師は生き延びたんだ。たとえ悪人でも民の命を粗末にしない考え方は、王太子妃として必要な資質だと思うぞ」

「あ、ありがとうございます」

「だが、それでお前の命が危険にさらされては、本末転倒だ。後で説教だぞリネット」

「はい、すみませんでした!!」

感覚が狂いそうなほど真っ白な世界に、新婚夫婦の声が響き渡る。

「……グレアム殿。何やってるんです、あの二人」

「さあ？　雪崩を止めた時点で、人間を超えているのは確かだと思いますけど」

「……アイク兄さんも……リネット様も、すごい」

痴話喧嘩《ちわげんか》ともとれそうな会話は、皆が見守る中、雪崩が流れ切るまで続いていた。

＊　＊　＊

――それが流れ切るのに、どれぐらいかかっただろうか。

宣言通り、強大な雪崩をたった一人で食い止めたアイザックは、今はさすがに疲れ果てた様子で座り込んでいる。

魔術を使っていたため触れなかったリネットに、しがみつくようにくっつきながら。静かなので、恐らく眠っているのだろう。

「賊の根城だというのは癪《しゃく》ですが、今ばかりはこの山荘があってよかったですね」

やや傷んだ暖炉《だんろ》に枝の塊を放り込みながら、レナルドが苦笑をこぼす。ここは、賊が根城にしていた山荘の中だ。

グレアムが音を聞き、マテウスが匂いを嗅《か》ぎとっていたこの場所は、思っていた以上にきちんと生活できる機能が備わっていた。どれも傷がついてはいたが、使うのに支障はない。

(この山荘がなければ、雪崩をどうにかできても無事じゃなかったものね……)

日の落ちた岩山は、現在吹雪に見舞われている。窓の外はぞっとするほどに真っ白だ。

幸いとは言いたくないが、これがあったことで助かったのも事実なのである。

「もっとも、これだけのものを不毛の山に築いていたとなると、連中の犯罪歴は相当長そうではありますけどね」

「そう、ですね……」

スッと細められた藍色の瞳が、隣の部屋に向けられる。

そこには今、気絶して縛《しば》られた賊たちがぎゅうぎゅうに詰め込まれている。防寒具がなければ凍えそうな気温ではあるが、彼らはほぼ密着した状態で縛られているので、常時よりはよほど温かいだろう。

「ところで、向こうは大丈夫でしょうか？　兄さんと……」

「ああ、大丈夫だと思いますよ」

気を取り直して、この場にいない二人について訊《たず》ねれば、レナルドの目がいつもの穏やかなものに戻った。

「薬草に関してはマテウス殿の専門分野ですし、グレアム殿がついているので意思の疎通《そつう》も普通にできるでしょう。彼らに任せておけば心配はいりません」

二人を信頼している声に、リネットの口からも安堵の息がこぼれる。やっぱりレナルドは、こうして柔らかい雰囲気でいてくれるほうが似合っている気がする。

グレアムとマテウスは引き続き、地下で栽培されていた『覚め草』の押収《おうしゅう》準備と、その他関わる証拠を集めているらしい。

本当に『覚め草』が見つかるとは思わなかったが、これでロッドフォードもヘンシャルも違法薬物の脅威を解決できるはずだ。そう願いたい。

「……ん、悪い。寝ていたか」

「アイザック様、大丈夫ですか？」

話が一区切りしたところで、ちょうどアイザックも目を覚ましたようだ。

ゆっくりと周囲を確認しながら、リネットが傍《そば》にいることに嬉しそうに笑ってくれる。

「お体は大丈夫ですか？　魔力が切れると辛《つら》いのですよね？」

「問題ない。もともと俺は魔術師ではないし、この程度でバテるような鍛《きた》え方はしていないからな」

「この程度って、自然災害を止めるのは程度じゃないですよ……」

相変わらずこの王太子殿下は、無敵すぎて困ってしまう。常人には到底無理なことを当たり前のように成し遂げ、その素晴らしさを驕《おご》ることもないのだから。

「本当に、私なんかの旦那様にはもったいないです」

「何を言っているんだ。リネットのためだからこそ、俺は戦えるというのに」

「でも、私のせいで……」

頬《ほお》を撫《な》でる大きな手に、リネットもそっとすり寄る。無理をさせてしまった後なのに彼の温《ぬく》もりは変わらず、涙が出そうになってしまう。

「はいはい、イチャつくのは私のいないところでどうぞ」

リネットが泣くのを堪えていれば、コツンとレナルドの指が頭を小突《こづ》いた。

「リネットさんは自分を責めないように。あの魔術師は追おうが追わなかろうが、きっと雪崩を発生させたでしょう。だいぶヤケを起こしていましたし」

「だろうな。リネットが巻き込まれていなければ、俺もあんな魔術を使う気力はさすがにない。結果として見れば、これで正解だったのかもしれん」

「そこは私たちのためにも頑張って下さいよ、殿下」

彼らの明るい会話のおかげで、リネットの気持ちも少し軽くなる。気遣いの上手い義兄にも、本当に救われている。

「何にしても、全員無事に生き残り、目的だった違法薬物の出所も突き止めたのです。大金星ですよ。後はトリスタン殿下に報告できれば、ヘンシャル側も動いてくれるでしょう」

「そう、ですね。ですが、この吹雪がいつ止むか……」

せっかく明るい話題になったが、窓の外へ目を向ければ気分がまた沈んでしまう。

壁を軋《きし》ませる吹雪は止む気配を見せず、夜が更《ふ》けるにつれてひどくなってきているのだ。

(今外には絶対に出られないし、明日の朝に雪が止んでいるとも限らない)

それに先の雪崩も相まって、山荘周辺の雪は登ってきた時よりもはるかに深くなっている。トリスタンにもらった防寒具はしっかりしたものだが、これだけでこの山を下りられるかどうかも疑わしいところだ。

「確かに、よく降りますねえ。今夜はここで明かすしかないにしても、賊どもと同じ場所に居続けるのもどうかと思いますし……」

燃料石は全部回収してあるので魔術の心配はないが、思っていたよりも賊の人数も多いのだ。今は気絶させているので静かだが、彼らもいずれ目を覚ますだろう。決して長居をしたい場所ではない。

「……ふむ」

つい俯《うつむ》いてしまったリネットの横では、アイザックも思案顔で何やら手を握ったり開いたりしている。

「思ったよりも遠いが……まあ、いけそうか」

やがて、何かを確かめたアイザックは腰に差していた剣を鞘ごと取り外すと、リネットにしっかりと握らせてきた。

「え？　あの、これは？」

「リネットが預かっていてくれ。魔導具がない以上、俺の親しんだ物を目印にするしかない。レナルド、燃料石はどこだ？」

「何か魔術で解決できそうなのですか？　殿下」

レナルドが押収した燃料石を差し出せば、紫水晶の瞳がゆらゆらと輝き始める。魔術を使うのなら、リネットはくっついていられないだろう。

渡された剣を抱き締めながら離れれば、アイザックもどこか寂しそうに苦笑を浮かべる。

「本当は、もう離れたくないいんだが……すぐに戻る」

彼の手が、青白く光る石を握り――直後に、その姿は消えていた。

「……ッ！　転移魔術!?」

リネットとレナルドが同時に声を上げる。

影すら残さない〝瞬間移動〟は、大国の魔術王子すらも『面倒すぎて使えない』と言っていた高難度の魔術だ。

結婚式前に事情があって消されてしまったが、〝リネットのもとに駆けつけるために〟と彼の用意した婚約指輪に込められていたものである。

「でも、ここには魔導具はないし、一体どこへ？」

以前は指輪という『目的地』があったが、今のアイザックは魔導具を持っていない。

この魔術が難しいと言われる所以《ゆえん》は、消費する魔力が多い以外にも目的地をしっかり定める能力と、転移するものの形を把握する能力の両方が必要だかららしい。

だからアイザックも、指輪というわかりやすい目印を作り、それを利用していた。

アイザック一人分の質量を把握することは大丈夫だろうが、彼は一体どこへ飛んだのか。

ここは長年住んでいるロッドフォードでもなければ、風景なんてほとんどわからない雪山だ。

もしも変な座標へ転移してしまったら、真っ暗闇かつ猛吹雪という酷い場所へ投げ出されてしまう。

（……いや、妻の私が信じなくてどうするの！）

　預けられたやや重たい長剣を、リネットはもう一度強く抱き締める。アイザックは戻ると言ったのだ。ならば、必ずここに帰ってくる。

「直前に話していたのは、吹雪がいつ止むかとか、賊と長居はしたくないとかでしたっけ？」

「いえ、殿下が向かうとしたら、その前ですね。トリスタン殿下に報告ができたら、一件落着という話ですよ」

「じゃあ、アイザック様はトリスタン殿下のもとに？」

付き合いの長いレナルドも、やや自信なさげに頷く。魔術に詳《くわ》しくないのは仕方ないとしても、問題はトリスタンの現在地だ。

(さすがに、この雪山の麓《ふもと》で待っていることはないわよね)

置いてきた二人の部下は麓で待機しているだろうが、トリスタンはれっきとした王族だ。真冬の寒空の下でずっと待っているとは考えにくい。

　そうなると、彼の居場所をここから把握するのはほぼ不可能だ。

「まあ、あの人のことですから、大丈夫だとは思いますけどねえ……」

レナルドはそう呟きつつも、視線が窓のほうに向いてしまっている。

轟々と吹き荒れる風、視界を染め上げる白い雪の粒。リネットの目をもってしても、外の状況は全く見えない。

「…………」

暖炉の火の爆《は》ぜる音が、妙に大きく耳に残る。

待つだけの時間はひどく長く感じられて、焦りがじわじわと胸を焼く。

（アイザック様……）

抱き締めた長剣も、リネットの体温が移って熱くなってきた。それでも足りないと、祈るようにすがり続けて、

「戻った」

「うわあっ⁉」

――次の瞬間、リネットの目の前に待ち人の姿が現れた。

消えた時と同じように、音もなく突然に。

「あ……アイザック様‼」

現実を認めたリネットがすぐさま手を伸ばせば、それよりも早くアイザックの腕がリネットの体を抱き寄せてくれる。

広く厚い胸は温かく、心地よさにリネットの肩から力が抜けていく。

「よかった、温かい……吹雪の中に転移していたら、どうしようかと……」

「さすがにそんな失敗はしないぞ。だが、心配をかけたならすまなかった」

ぽんぽん、と背を撫でてくれる感触がとても気持ちいい。無敵の王太子とわかっていても、やはり相手が自然では心配になるに決まっている。無事に戻ってくれて本当によかった。

「あの、私は話してもいいかな？」

「あっ」

そしてアイザックは、一人人間を連れて戻ってきていた。――晴れた空の色の髪を持つ、爽《さわ》やかな容貌《ようぼう》の男性を。

「トリスタン殿下！」

「やあ、こんばんは。私としても驚きなんだけれどね」

リネットたちと比べれば幾分《いくぶん》か薄い防寒装備の彼は、自分の置かれた状況にまだ戸惑《とまど》っているようだ。目線だけで周囲を見回しては、室内の配置などを確認している。

「私たちが聞くのもおかしいかもしれませんが、トリスタン殿下はどうやってここに？」

「私は昨日の宿に戻って報告を待っていたんだよ。そうしたら、突然アイザック殿下が目の前にポンと現れてね。色々見つけたからついて来てくれって言うものだから」

心臓が止まるかと思った、なんて苦笑をこぼす彼は、もちろん嘘《うそ》を言っているようには見えない。

つまり、アイザックの転移魔術は、トリスタンを『目的地』としっかり定めて発動していたということだ。

「〝剣の王太子〟は魔術にも精通しているとは聞いたけど、まさかあんな芸当までできるとは思わなかったよ」

ふう、とため息をついた彼は、ようやく少し安心したのか、かすかに口角を上げてくれる。突然の出来事にも順応が早い辺り、さすがは王族の一員だ。

「でも、魔導具もないのに、どうやってトリスタン殿下のところへ？」

「ああ、これだ」

リネットを含めて皆が困惑していると、張本人であるアイザックが薄い何かの束を見せた。

ほんのりと魔術の光を帯びているそれは、昨日宿で見せてもらったヘンシャル王国の植物生育分布図だ。

「これでトリスタン殿下の魔力を覚えていたんだ。それを辿って転移した」

「こんな微弱なものを辿れるのかい!?　本当に君は規格外だね」

アイザックは当たり前のように話しているが、答えられたトリスタンのほうがますます驚いてしまっている。

(私たちは、五感が異常に利《き》くと言われているけど……)

もしかしなくても、アイザックは魔術という分野に関して異常に敏感なのではなかろうか。

グレアムの耳やマテウスの鼻と同じように、彼らを従えるアイザックにもそういう特性があってもおかしくない。

「何はともあれ、君たちが無事で何よりだよ。大きな雪崩があったと聞いていたから、正直まずいかと心配していた。しかも、本当に『覚め草』の元凶《げんきょう》を突き止めてくれるとはね。ヘンシャルを代表して礼を言わせて欲しい」

「礼は全てが片付いてから、改めて聞かせてくれ。そこの賊どもも、そちらに預けたいしな」

「ああ、そのみっちり詰め込まれてるの、やっぱり賊なんだね。見て面白いものでもないけれど、生かしてあるだけ優しいか」

トリスタンは、部屋いっぱいに詰め込まれた賊に頬を引きつらせるが、ゆるめてやれとはもちろん言わない。

彼らが国内に違法薬物を撒《ま》いていたとしたら、重罪人だ。王族として、情けをかけるような甘さは持っていないだろう。

「ずいぶん数も多いなあ。急ぎで連絡をしたけれど、迎えが来るまでもう少しかかるだろう。先に『覚め草』のほうを確認しても構わないかな?」

「はい、こちらです」

捕縛者の人数にげんなりした様子を隠しもせず、トリスタンは続けてレナルドとともに階下へ向かっていく。

二人の後ろ姿を見送ったアイザックは、彼らを追わずにリネットに頭をすり寄せてきた。

「わっ! あの、大丈夫ですか? アイザック様」

「……もう少し頑張るさ。トリスタン殿下の宿に、印を残してきた。これで今夜中に賊を連行できる」

「なるほど、転移魔術で運び出すんですね！」

トリスタンを連れてきたのは状況の報告のためだと思いきや、今夜中に全てを終わらせるためだったらしい。

（普通に連行するには、人数も多ければ道の状態もひどいものね……）

仮に雪が止んだとしても、険《けわ》しい山道を縛った人間を連れて歩くのは困難だ。しかも、ここに住んでいた賊のほうに地の利がある。

普通の手段で連れ出そうとすれば、きっと何人かは逃してしまうだろう。

その点、一瞬で移動ができる転移魔術なら逃げようがない。高難度の魔術を使いこなすアイザックがここにいたことは、ヘンシャルにとっても非常に喜ばしい幸運だ。

「リネットがリネットで、本当によかった。お前がここにいてくれなかったら、さすがに気力がもたない。いや、そもそもこの山荘を見つけることもできなかったか」

「私は、お邪魔ではありませんか？」

「最愛の妻が隣にいてくれること以上に、心の支えがあると思うか？」

アイザックは小さく笑いながら、リネットの唇に触れるだけの口付けを落とす。

淑女《しゅくじょ》らしさは全く足りない妻だが、それでも、誓《ちか》った心に偽《いつわ》りなく生きてきて本当によかったと思う。

「たとえ戦場でも、洞窟でも、雪山でも。お傍におります、アイザック様」

「……ああ」

触れ合う熱が、冬の寒さを忘れさせてくれる。たとえどんな場所だとしても、アイザックさえいればリネットも幸せなのだろう。

こんな雪山の賊の住処《すみか》でも、彼さえいれば頑張れる気がしてくるのだから。

「あーえーと……邪魔してごめんよ、新婚さん。『覚め草』の押収終わったよ」

「はっ⁉」

抑揚《よくよう》のない呼びかけにふり返れば、なんとも微妙な顔をしたトリスタンが階段の辺りからリネットたちを見つめている。

その後ろには呆《あき》れた様子の小舅《こじゅうと》たちと、真っ赤になったマテウスと部下たちも。

「す、すすすすみません‼」

「いや、私たちこそすまないね。アイザック殿下にはこれから頑張ってもらわないとだし、なるべく引き離したくはないんだけれどね」

こっちも思ったよりも多くて、と彼が指さした先は、部下たちが抱える大型の木箱だ。溢《あふ》れ出たラベルには、リネットも見覚えがある。

「茶葉の袋……」

「ハームズワースの茶葉をずいぶん買い込んでいたみたいだよ。これに『覚め草』を混入して、新しい商品として流していたんだ。茶葉を劣化させずに混入できるのは魔術師だけだからこそ、候補として除外されていた〝魔素のない山〟が本拠地とは。……お恥ずかしい限りだ」

苦笑を浮かべたトリスタンに、アイザックがゆるく首を横にふる。

できることが大前提の国の者たちに、気付けというのは難しい話だ。魔術大国と名高いエルヴェシウスの人間すらも、同様の事件に気付けなかったのだから。

リネットたちは、ロッドフォードが隠れ場所に使われた経験があったからこそ、今回のことに気付けたにすぎない。

「成分解析に時間がかかりそうだから、これだけでも先に送りたいのだけど構わないかな？奥さんすまないね、旦那を借りてしまって」

「い、いいえ！　アイザック様、どうぞお気をつけて」

「……ああ」

名残惜しそうにリネットから離れたアイザックは、再び燃料石を手にとり、トリスタンと荷物を運ぶ部下たちの範囲に魔術を巡らせていく。

「すぐに戻るが、お前たちリネットを頼むぞ」

だが、少しふり返ると賊のいる部屋と小舅たちに鋭い目線を向けた。

「ご心配なく。この程度の者たちにどうにかされるほど、貴方の側近は弱くありませんよ」

「起きたら潰せばいいんですよね？　それとも、オレたちで尋問《じんもん》を始めておきます？」

「即効性の麻酔《ますい》は持ってきた。睡眠ではなく意識混濁《こんだく》のための薬。……グレアム殿、自白……

使……」

「ねえ、ロッドフォードの軍人ってなんでこんなに物騒なの？」

上司の問いかけに間髪《かんはつ》入《い》れずに応えた三人に、トリスタンは若干引き気味だ。

意外にもマテウスが普通についてきているので、やはり彼はアイザック直属隊に向いているのかもしれない。

頼もしすぎる側近たちにアイザックは深く頷くと、トリスタンを伴《ともな》って再び消えてしまった。

何度見ても、転移魔術は便利なものだ。

「さて、と。リネット、お前も賊の近くについていてくれるか？　尋問するにしてもしないにしても、魔術師が無力だと教え込んどいたほうが色々と聞きやすい」

「そうね。燃料石を呑《の》み込んでいる可能性もないわけじゃないし。起きそうなのがいたら教えて、兄さん」

「そこで普通に請け負う辺りがリネットさんですよね。頼もしい王太子妃で何よりです」

「……！　…………！」

吹雪く山の中に、場違いな明かりとかすかな笑い声が響いては消えていく。

――この日、隣国の王太子とその部下たちによって捕らえられた賊は、少しの罪も見逃されることなく、全員がヘンシャルの牢獄《ろうごく》へと連行されていった。

終章　新米王太子妃とこれから

――リネットの茶会で発覚した『覚め草《さめぐさ》』にまつわる事件は、隣国ヘンシャルで起こっていたことも含めて全て、犯人たちの捕縛《ほばく》によって幕を下ろした。

ただ、国境の山にいた賊《ぞく》は、ほとんどが『覚め草』の中毒症状を起こしている魔術師であり、ヘンシャルで仲間に加えられた新参者だったそうだ。

捕らえられた内の二、三人だけが違法薬物を元から扱っていた人間……つまりは真の犯人であり、他国を追われたところをヘンシャルの岩山に逃げ込み、ここで仲間という名の中毒者を増やして潜伏していたらしい。

実は彼らは最初、地下洞窟《どうくつ》のほうへ逃げ込む予定だったそうだが、以前に捕まえられた盗掘《とうくつ》者たちがすでに居《きょ》を構えていたため、山に拠点を作ることになった。

だが代わりに、最高純度の燃料石の取引ができたので、しばらくは安定した生活を送れていたのだそうだ。

洞窟もそうだったが、岩山も魔素がないため死角になっていた場所なので、ヘンシャルからの捜索も少なかったことだろう。

しかし、リネットの結婚式前の騒動によって盗掘者たちが捕縛されてしまい、彼らの命綱である燃料石が手に入らなくなってしまった。

おまけに、ヘンシャルは『覚め草』の取り締まりが以前いた国よりも厳しく、思うように取引ができなかった彼らは、再び拠点の移動を強《し》いられることになる。

結果、せめて今ある『覚め草』をさばいて逃亡資金にしようと企《くわだ》てた彼らは、今までの顧客とは違う、薬物に関心のなさそうな富裕層を狙って混入を行ったとのことだった。

「本っ当に嫌な事件でしたね」

「ああ、そうだな」

アイザックから顛末《てんまつ》を聞いたリネットは、口調が荒れないよう気をつけながらも、ぐっと両手の拳《こぶし》を握りしめる。

ロッドフォードでの被害は、リネットの茶会とローラだけで止められたのでまだよかったが、先に流通していたヘンシャルでは多くの購入者が出てしまっており、回収作業もとても大変だったそうだ。

巻き込まれただけの新参業者ハームズワースも、何の罪もないのに名を貶《おとし》められてしまい、散々だろう。彼らについては、トリスタンが良いように計らってくれたそうだが。

「我が国に入ってきた販売人は捕まったんですよね？」

「ああ。俺たちがヘンシャルへ行っている間に、軍部が無事に捕まえたぞ。逃げ道を塞《ふさ》げたという意味では、この雪の深さもありがたかったな」

「それは確かに」

窓の外へ目を向ければ、飽《あ》きもせず白い塊《かたまり》が降り続いている。

調査へ向かう前は晴れの日も多かったのに、ここ数日はずーっと雪続きのため、ロッドフォード王城の周囲も毎日真っ白だ。とはいえ、あの恐ろしい岩山と比べれば、この辺りの雪などかわいいものだ。

「今回の捕縛者をきっかけに、ヘンシャルでは『覚め草』に関わるものの捜査が本格始動しているそうだ。同時に、魔素がないからと管理がずさんになっていた場所の一斉調査も始めるらしい。冬が明けてからでもいいとは思うのだがな」

「こう言うのも申し訳ないですが、洞窟の件と合わせて二度、アイザック様に借りができてしまった形ですから。ヘンシャル王国としては、なるべく早く名誉挽回《めいよばんかい》をしたいのではないでしょうか」

「俺は別に気にしていないのだがな。俺はロッドフォードの王族として、我が国の害を取り除いただけだ」

「そういうことを言うから、格好いいんですよ……」

一般人ではどうあがいても成しえないことをやり遂《と》げたばかりか、それを恩として着せることもなく、〝当たり前〟としてふるまってくれる王太子殿下。

だからこそ、アイザックの部下たちは彼を心から信じてくれるし、彼の恥となるような行動は絶対にしない。〝剣《つるぎ》の王太子〟の名が広まるのも剣技の凄《すさ》まじさだけではなく、こうした彼の人となりゆえだろう。

今回の一件で一緒になったトリスタンも、反対側の隣国のソニアも、遠い大陸のファビアンも、こういうアイザックに惹《ひ》かれたからこそ国の事情を超えてアイザックと縁を持ち続けてくれるのだ。そんな彼の隣《となり》に立てるリネットは、なんと光栄なのか。

「こんな素敵な方が私の旦那様で、世界中の皆様に悪い気がしてしまいますね」

「何を言うんだ奥様。俺がこうして戦えるのは、一番大切な者がずっと隣にいてくれるからだぞ。唯一無二のものが傍《そば》にいてくれるのに、他に何を望む必要がある」

「そ、そんな宝物みたいな……」

「宝だ。俺にとって、リネット以上の宝などない」

ふっと、アイザックの鋭《するど》い瞳が溶けて、リネットに微笑《ほほえ》みかける。

体はすでに腕の中。閉じ込められているのに、胸を幸せが埋め尽くしていく。

「アイザック様……」

互いに溢《あふ》れそうな愛《いと》しさを隠すこともなく、顔が近付く。

結婚する前なら、ちょうどこの辺りで制止が入ったものだが――。

「リネット様、アイザック殿下。そろそろお時間ですよ」

――なんてことを考えた直後に、愛らしい声とノックが二人の動きを止めた。残念ながら、結婚しても変わらなかったらしい。

「まあ、そんな気はしたな。雰囲気的に」

「そうですね……」

なんとも言えない表情を見合わせた二人は、揃《そろ》って小さく息を吐《は》いてからノックされた扉に向かう。

その先で待っていたのは、絵本から飛び出したような可憐《かれん》な姿の妖精……もとい、シャノンだった。

今日《きょう》は淡い水色と碧《みどり》色を重ねたドレスを着ており、ますます幻想的で儚《はかな》げな印象が強くなっている。

(シャノン様は本当に、いつ見ても可憐ね)

リネットが思わず見惚《みと》れてしまうと、視線が合ったシャノンの頬《ほお》にもポッと朱が差した。

「まあ……まあまあ！　リネット様、本当によくお似合いです！　なんて素敵なのでしょう！」

容姿からは想像もつかないような元気な歓声に、アイザックも苦笑を浮かべて応える。

ヘンシャルでの調査を無事に終えたことで、晴れてリネットの『相談役』に就任したシャノンだが、以前と態度を変えることなく接してくれている。

もちろんそれは喜ばしいことであり、リネットもそう望んで就《つ》いてもらったわけだが、さすがに今日の状況は、素直に喜んでいいか悩むところだ。

「シャノン様もとっても素敵ですよ」

「ありがとうございます。ですが、本日のわたくしはリネット様の引き立て役ですから。皆様もうお集まりですわ。さあ、リネット様のお茶会を始めましょう」

裾《すそ》を掴《つか》み、優雅に頭《こうべ》を垂れるシャノンに、リネットもしっかりと頷《うなず》いて返す。

――調査を無事に終えてから、早十日。

今日は、少し前に中止となってしまった茶会の再開催日だ。

「さて、では行くか、リネット」

「はい！」

アイザックが差し出してくれた手を掴み、二人は会場へと足を踏み出す。

双方の足元から響くのは、細いヒールの音ではなく、軍靴《ぐんか》の硬い音だ。

リネットの背後で翻《ひるがえ》る裾は短く、いつもは巻いてもらっている髪も、今日は一つに束ねたのみ。

そう――今日のリネットが着用しているものは、ドレスではない。

アイザック直属隊に支給される紺色の軍装の中でも、式典用に刺繍《ししゅう》などが増えたものに、さらに職人たちが手を加えて一層豪奢《ごうしゃ》になった衣装だ。

金色の飾緒《しょくしょ》やとってもいない勲章《くんしょう》めいたものが胸元で輝き、その華やかさは『男装王女』として名高い隣国の彼女を彷彿《ほうふつ》とさせる。

「まさか、お茶会に男装で参加することになるとは思いませんでした……」

「俺も全く想定外だ。まあ、今回はシャノン嬢の案を信じるとしよう」

戸惑《とまど》いを隠しきれないリネットを慰《なぐさ》めるように、アイザックは繋《つな》いだ手を優しく引いてくれる。今回こんな装いで茶会に出ることになったのは、他でもないシャノンの提案なのだ。

いつも支度《したく》を手伝ってくれているカティアなどは反対したのだが、『このほうが上手《うま》くいく』と強く主張したシャノンに負けて、今に至る。

(前回だって『覚め草』の件を差し引いても成功とは言えなかったけど、どうなんだろう)

薬物による興奮作用が出ない分、前回よりは落ち着いた令嬢たちを相手にできるとは思いたいが、今回ももちろんレナルドが参加している。

加えて、男装を厳命されたグレアムと、相談役になったシャノンの相方としてマテウスも盛装で参加だと言っていた。

つい目を奪われてしまう美貌《びぼう》の男性陣が参加している会に、果たしてリネットが男装をする意味などあるのだろうか。

(いや、悲観的な考えはやめよう。シャノン様はずいぶんはりきっていたし、今回はこの方を信じましょう!)

つい沈みそうになった気持ちを、頭をふって追い出す。

シャノンは、リネットが望んで傍に来てもらった相談役なのだ。ハリーズ侯爵令嬢として培《つちか》った経験と、『この人なら』と思ったリネットの直感を信じたい。

控《ひか》えの間からは、年頃の女性の明るい声がすでに聞こえてきている。今回も前回と同じ八つの家に招待状を出し、全員から参加の返事をもらえている。

準備の時間をあまりとれなかったので、装いなどは『前回と同じもので大丈夫だ』と伝えているし、現時点での問題はないはずだ。

「……よし!」

いつもよりもずっと軽い衣装とともに、リネットはしっかりとした手つきで扉に手をかけた。

＊＊＊

——さて、結論から言ってしまおう。

リネットが望んだシャノンは、この茶会という席において正《まさ》しく無敵だった。

「皆様もおわかりいただけますでしょう? この凛々《りり》しい美しさ……この方こそが、〝剣の王太子〝アイザック殿下がお選びになった、わたくしたちの王太子妃リネット様なのです！」

（ひえええええ……!!）

マテウスへの愛を語る時と同じぐらいに熱く、激しく、力のこもったシャノンの声が、薔薇《ばら》のサロンに響き渡る。

可憐な妖精に熱視線を向けられるのも困ってしまうが、それ以上の問題は、他の参加している令嬢たちの目も、何やら輝き始めているということだ。

「まさか、男装をしてまで公務に励《はげ》まれていたなんて……」

「それも、今回はヘンシャル王国の〝あの〟岩山に登って、事件を解決へ導かれたのでしょう？　この時期の山など、見るだけでも恐ろしいのに……！」

今日の茶会では、前回中止になってしまった理由と、それが無事解決に至ったことについても報告しているのだが、シャノンが目をつけたのは正にこの部分だった。

リネットが男装をしてまで皆のために尽力《じんりょく》し、アイザックを支えて事件を解決へ導いたのだと。つまりは、淑女《しゅくじょ》らしくなければと思っていた思考とは全く逆の作戦。

ありのままの戦えるリネットこそが、アイザックの選んだ女性だということを皆に熱く訴《うった》えかけたのだ。

「皆様もご存じの通り、我らが王太子殿下は他国にまで名を轟《とどろ》かせる素晴らしい剣士でもあられます。軍部からも絶大な信頼を受け、殿下が指揮をとった戦場では、圧倒的な勝利を収められたことも周知のことでしょう。そんな殿下を支えられる女性は、ただ淑《しと》やかなだけでは足りないのです！　雄々《おお》しく、勇《いさ》ましい〝獅子《しし》王子〟の隣に並び立つ伴侶《はんりょ》は、やはり獅子でなくては！　そう、こちらのリネット様こそが、長年誰もが叶《かな》えられなかった殿下の願いを叶えられた唯一の女性なのです！　わたくしたちは、殿下のお心を汲《く》んで差し上げられなかったことを恥じるとともに、リネット様の凛々しい在り方に敬意を示すべきですわ!!」

「シャ、シャノン様、盛りすぎ……」

舞台女優もかくやというほどのシャノンの熱弁に、ますます参加者たちの目が輝いていく。

確かにアイザックは素晴らしいしシャノンの言う通りだが、リネットは野生児だっただけで、きっと褒《ほ》め称《たた》えられるような存在ではない。行儀《ぎょうぎ》見習いの時だって、同僚たちにバカにされていたものだ。

（そりゃあ、嬉《うれ》しくないかって聞かれたら嬉しいけど！）

そんな令嬢には信じられないような生き方を、シャノンは『素晴らしい』と言ってくれている。それも、聞いた者が思わず納得したくなるような、たいへん巧妙《こうみょう》な言い方で。

「リネット様……！」

「う……うぅ」

乗せられた令嬢たちの価値観が変わっていくことに、嬉しさと同時に気恥ずかしさを感じてしまう。これまで、こんな目で見てもらえたことなど一度もなかったのだ。

（い、今なら……！）

シャノンの熱意に後押しされたリネットは、意を決して給仕係の侍女に視線を送る。

勤めの長い彼女たちはそれだけでリネットの意思を汲み、紅茶と茶菓子をワゴンごと持ってきてくれた。

今回の茶葉は、提供前にしっかりとマテウスに調べてもらった安全なもの。そして茶菓子は、前回の茶会ではレナルドの魅力に完全敗北してしまった、あの手軽に食べられる菓子だ。

「あら、これは？」

目聡《めざと》い令嬢は、すぐに用意された物に声をこぼす。貴族の茶会に慣れている者ほど、街の店で売られているような物は見ないだろう。

「じ、実は、市井《しせい》で人気の物を参考にして作ってもらったお菓子なんです。今までのお茶菓子よりも軽くて食べやすいので、女性の方にも手を出しやすいかと思って。せっかくのお茶会ですから、よかったら食べ物もいかがですか？」

最初に若干《じゃっかん》声が裏返ってしまったが、レナルド仕込みの淑女の微笑みを作って皿を差し出してみる。

前回の物を失敗と捉《とら》えた王家の料理人たちの努力により、今回は見た目もより可愛《かわい》らしい仕上がりになっている。また、市井での人気も再度調査し、チョコレートが多めだ。

見慣れない物は手を出しづらいかもしれないが、この場はシャノンの力説のおかげでリネットの株がかなり上がっている。

そのリネットお勧《すす》めの茶菓子なら、彼女たちも手をつけてくれるはずだ。

「……いただきますわ」

緊張するリネットが見守る中、真っ先に手をつけてくれたのは、金色の巻き髪が美しい少女だった。

「ローラ様……！」

「あら、美味《おい》しい。それに食べやすいです。リネット様は、こうした細《こま》やかな部分にも気を配って下さるのですね」

丁寧《ていねい》な所作《しょさ》で口を拭《ぬぐ》った彼女は、リネットに向かって花が開くような柔らかな笑みを返してくれる。

そこに前回の茶会の時のようなギラギラした印象はなく、ブライトン公爵家で見たような落ち込んだ様子もない。

（よかった、『覚め草』の影響は残らなかったのね）

ローラには随時経過報告をもらっており、今も医師にかかっていると聞いていたが、今日の彼女はしっかりとした淑女だ。時折はにかんだような表情を見せるのも、年相応でたいへん可愛らしい。

「変わった食感のお菓子ですわね。でも、とても美味しいです」

ローラが先陣を切ってくれたので、他の令嬢たちも続いて茶菓子を手にとってくれている。

中には小さな焼き菓子をわざわざスプーンで掬《すく》って食べる者もいるが、概《おおむ》ね好評のようだ。

「戦場では、カトラリーなど使っている余裕はありませんものね。リネット様、なんとお労《いたわ》しい……！」

微妙に違う理由に捉えた者もいるようだが、まあ良しとしておこう。

王太子妃として、これからも多くの茶会に参加することになるのだ。話すのはもちろん重要だが、茶菓子も美味しく食べたいリネットとしては、ほんの少しでも令嬢たちが積極的になってくれるとありがたい。

（よかった！）

和《なご》やかな本来の茶会の空気になったことに、リネットは安堵《あんど》の息をこぼす。

男装で参加を推奨《すいしょう》された時はどうしようかと思ったが、シャノンの慧眼《けいがん》には本当に恐れ入る。

今回も席にはつかず、離れた場所から見守っていたアイザックも、事が上手く運んだことに嬉しそうに笑ってくれている。

未熟な点ばかりのリネットだが、なんだかやっていけるような気もしてきた。

「シャノン様、ありがとうございます」

「いいえ。わたくしは本当のことをお伝えしただけですから」

隣に座っているシャノンに礼を告げれば、妖精もにこやかに笑って返してくれる。

『覚め草』の一件は決して良い出来事とは言えないが、彼女と縁《えにし》を結べたことだけは本当によかった。

「あっ！　マテウス様！」

――そうして、リネットが幸せを噛《か》み締めたのも束《つか》の間《ま》。

リネットたちの背後の席を見たシャノンから、再び元気の良すぎる声が上がった。

いくらか離れた席にいたのは、王妃とブライトン公爵夫人と、彼女たちに挨拶《あいさつ》をしているマテウスだ。

「まあ、ファロン公爵令息ですわ。久しぶりにお姿を拝見しましたが、素敵……」

今日のマテウスは指示された通り、前髪を全て撫《な》で上げて参加している。アイザックと同じ系統の鋭い目つきと艶《あで》やかな印象の美貌が、はっきりと見えるように。

「お隣にいらっしゃる中性的な男性はどなたかしら？」

マテウスの隣には、通訳としてグレアムが付き添っている。彼も今日はアイザック直属隊の紺色の軍装姿だ。

男しかいない部隊だと知られていることもあり、美少女めいた顔もいくらか男性寄りに見える気がしなくもない。……そして。

「ああっ、レナルド様！」

「今日も素敵ですわ……！」

真打《しんうち》、ブライトン公爵令息のレナルドもその場に追加である。

王子然とした美貌は言うまでもなく、最優良物件の登場にたちまち令嬢たちが浮足立《うきあし》つ。

（結局こうなるのね）

婚約者のいるマテウスは見て楽しむだけだろうが、小舅《こじゅうと》たちは見目も良い上に独身だ。

せっかく茶菓子を手に取ってはもらえたが、今日もここまでかとリネットが俯《うつむ》きかけるが
……予想に反して、招待客たちは〝狩り〟には行かなかった。

（あれ？）

彼女たちは頬を染め、夢見るようなキラキラした瞳で三人を見守っているが、それ以上の行動はしない。

ちゃんと主催であるリネットのことを立てて、気遣ってくれている。これだけでも大きな変化だ。

「どうぞ、皆様行って下さいませ。今日の茶会は、そういう目的も兼ねていますから」

あえてリネットから声をかけると、令嬢たちの空気にざっと緊張が走った。

恐らく、王太子妃の機嫌《きげん》を損《そこ》ねたのでは、と心配したのだろう。『覚め草』の影響さえなければ、彼女たちはちゃんと考えて行動ができる『淑女』なのだから。

「ご安心下さい。私は今日来て下さっただけでも、充分嬉しいですから」

「で、ですが……」

困った様子の彼女たちに、リネットは自分にできる精一杯の笑顔を送る。

彼女たちは、声をかけに行きたいに決まっているのだ。何故《なぜ》ならそれが、『貴族令嬢』の務めでもあるのだから。

(レナルド様がもう少し夜会とかにも出る方なら違ったのだろうけど、会える場所が限られるならなおさらよね)

リネットがもう一度〝大丈夫〟だと促《うなが》せば、令嬢たちは顔を見合わせてから、全員一緒に立ち上がった。

「ご配慮に感謝いたします、リネット様。少しお話をさせていただいて参ります」

リネットに向けて淑女の礼をとった少女たちは、きれいな姿勢のままレナルドのもとへ向かっていく。少々気後《きおく》れしていたようだが、ローラもちゃんとあちらへ行ったようだ。

一方のレナルドは、今回は男としてグレアムを巻き込むつもりのようなので、まあ心配はいらないだろう。

(寂しくないって言ったら嘘《うそ》だけど、私のことを認めてくれたもの。今はレナルド様たちの縁作りを応援しなくちゃ)

視線を感じて隣を見ると、シャノンもリネットと同じように残念そうに眉を下げている。

声には出ていないが『せっかく良い流れだったのに』と、翡翠《ひすい》の目が語っているようだ。

だが、今回は一人で置いていかれたわけじゃない。それに、茶菓子も皆に勧めることができた。リネットはリネットの速さで、少しずつ進んでいけばいい。

(今回はまたシャノン様と話して、それから新しいお菓子の普及に努めましょう)

気を取り直して、今回も惚気話《のろけばなし》に花を咲かせようとしたところで――リネットたちのテーブルに別の少女たちが近付いてきた。

無論、挨拶をしたので招待客なのは覚えているが、前回も今回もリネットとはやや遠い席についていた少女たちだ。

「どうかなさいましたか?」

「あ、あの、わたくしたち、リネット様のお話を聞きたくて!」

「私の……?」

聞き返せば、少女たちは恥ずかしそうに頬を染めながら、しっかりと頷いてくれる。他でもない、リネットに話を聞きたいと願ってくれたのだ。

「……っ!」

嬉しくないわけがない。リネットのことを望んでくれる人も、ちゃんといてくれた。

(私は淑女らしくないし、相変わらず作法もいまいちだし、王太子妃としては足りない)

それでも。それでもきっと、少しずつ変わってきている。

〝にわか令嬢〟だったリネットが、王太子妃として立っていける未来へ。

「私でよろしければ、喜んで!」

シャノンとともに手を差し出せば、また新しい縁が深まっていく。令嬢との交流は少し苦手だったが、そんなことはもう忘れてしまおう。

「俺も交ぜてもらえるか?」

ふと気付けば、愛しの旦那様が幸せいっぱいの笑みを浮かべてリネットの肩を抱き寄せる。

そのすぐ隣には、シャノンに寄り添うマテウスの姿もある。

ちらっと視線を向ければ、離れた席の小舅たちも親指を立ててこちらに向けてくれた。

――絶対に、大丈夫だ。何があっても、幸せに向けてリネットは進んでいける。

新米王太子妃の日々は、まだ始まったばかりだ。

あとがき

お久しぶりです、香月です。「にわか令嬢」シリーズまさかの六巻、お手に取って下さり誠にありがとうございます！　少しでもお楽しみいただけたなら幸いです。

著者コメントでも書いておりますが、六巻を出していただけると聞いて一番驚いたのが私です。皆様ご存じの通り、五巻で無事に結婚した二人でしたので、まさか続きを書かせていただけるとは思っておりませんでした。

こうして王太子妃となったリネットをお届けできたのも、皆様の温かいご支援のおかげです。本当にありがとうございます！

いつもたいへんお世話になっている担当H様、今回も完成まで導いて下さり、本当にありがとうございました!!

初稿が悲惨すぎて本当に発売できるのか不安な有様でしたが、こうして一冊の本として形になったのはH様のおかげです。成長しない作者で申し訳ございません！

イラストをご担当いただいたねぎしきょうこ先生。今回も新キャラを含め、素晴らしい芸術品をご提供下さり、誠にありがとうございました！

美麗かつユーモアに溢れるねぎし先生のイラストは、毎回額に入れて飾っておきたいと思いながら拝んでおります。本当に本当に感謝です。

そして、コミカライズをご担当いただいているアズマミドリ先生。ぶっちゃけますが、六巻を刊行していただけることになったのはアズマ先生が描く最っ高のコミック版のおかげです。本当に本当にありがとうございます！

引き続きゼロサムオンライン様にて大好評連載中ですので、文庫をお読みいただいた方は、ぜひコミック版も私と一緒に楽しんでいただきたいです。原作者が第一ファンですとも！

その他にも、拙作の刊行を支えて下さった沢山の皆様、この本をお手に取って下さった貴方様。この場を借りて、心より御礼申し上げます!!

今回はページに余裕があるので、この後は久々の苦労人小話となっております。本編を読んでから、お付き合いいただけますと幸いです。

また、香月はインターネット上でも小説を公開しておりますので、よろしければそちらも覗いていただけると嬉しいです。お砂糖が足りない気分の時にぜひ。

それでは、またどこかでお会いできることを願って！

＊＊＊

「……実は、後悔していますか？」

隣国ヘンシャルへ立つことになった当日、出発前の最後の確認をしているレナルドの近くで、呟くような問いかけが聞こえた。

そちらに顔を向ければ、男にしては可憐すぎる顔立ちの小舅仲間が、眉を下げてレナルドを見ている。苦笑というよりは、どこか哀れみの色が強い表情だ。

「私が何を後悔するのですか？　今日の人選を？　それとも、他に問題が？」

「いえ、もっと昔の決断のことです」

直前で何かあっては困るとレナルドも身構えれば、グレアムはやや申し訳なさそうに首を横にふってから、ちらりと視線を動かした。

その先にいたのはマテウスと、見送りに来た彼の婚約者のシャノンだ。

「ハリーズ侯爵家は、かなり力の強い家です。筆頭貴族である貴方のもとに、婚約の打診がきていないはずがない」

「ああ……」

何を言うのかと思えば、また婚姻関係の話だったようだ。じろりと睨むようにグレアムを見返せば、彼はますます眉を下げてしまった。

……グレアムの予想通り、幼少の頃ハリーズ侯爵家から婚約の打診は確かにきたし、それをレナルドは断っている。もっとも、あちらはファロン公爵家ともともと仲が良かったし、レナルドが断ることをわかっていて〝一応〟打診だけしたそうだが。

　そもそも、ブライトン公爵家長子のレナルドに、婚約の話を持ってこない家などほとんどない。筆頭貴族という地位の高さはもちろん、社交界を牛耳る女主人と繋がりを持てるのも美味しいし、レナルド本人も王妃の懐妊がわかった時から『第一子の側近』の立場が約束されていた超安定株なのだ。

　婚姻が叶う立場の貴族ならば、まず一度はそういう話を持ってくるだろう。例外など、リネットの生家ぐらいのものだ。

「確かにね、シャノン嬢は素敵な女性ですよ」

　ふわふわとした柔らかそうな髪に、儚げな美貌を持つ彼女は、正しく雪の妖精のように可憐だ。部下たちが見惚れてしまうのもよくわかる。

　その上、病み上がりの体をおして婚約者の見送りにくる辺り、一途で愛情深い性格でもあるのだろう。男ならば、つい惹かれてしまう理想的な女性だ。

　……もし、かつての打診を断っていなかったとしたら、シャノンの隣にいたのはマテウスではなくレナルドだった。今、心身ともに煩わされている婚姻の問題にも、困ることはなかった。

――それでも、後悔などするはずがない。

「彼女の隣にいるべき男は、やはりマテウス殿ですよ。私は殿下の側近として生きると決めていますから、婚約者のためにはきっと何もしてやれません」

どれほど素晴らしい女性がいたとしても、自分は伴侶よりも剣をとり、国のために生きる道を選んでしまうだろう。婚姻関係を結んだところで、きっと悲しませてしまうだけなのは目に見えている。

「なので、私の結婚とかそういうのは諦めて欲しいのですけどね」

「無理でしょう」

「言うぐらいは許して下さいよ」

困ったようなグレアムに、肩をすくめて返しておく。彼も彼なりに、レナルドを案じてくれているのだろう。小舅仲間は決して悪い男ではない。

「ああいう女性、レナルドお義兄様も好きかと思ったんですけどね」

「もちろん嫌いではありませんよ。肉食獣よりは断然好きです。でも、やっぱり私も、戦場に一緒についてきてくれるような子がいいですね」

……そんな女性は、きっと一人しかいないことを知りつつも。

小舅二人は顔を合わせてため息をつくと、その一人と彼女の最愛と合流するべく、足を踏み出した。

IRIS
ICHIJINSHA

にわか令嬢《れいじょう》は王太子殿下《おうたいしでんか》の雇《やと》われ婚約者《こんやくしゃ》6

2020年4月1日　初版発行

著　者■香月 航
発行者■野内雅宏
発行所■株式会社一迅社
〒160-0022
東京都新宿区新宿3-1-13
京王新宿追分ビル5F
電話03-5312-7432(編集)
電話03-5312-6150(販売)
発売元：株式会社講談社
(講談社・一迅社)

印刷所・製本■大日本印刷株式会社
DTP■株式会社三協美術

装　幀■世古口敦志・前川絵莉子
(coil)

ISBN978-4-7580-9257-9

この本を読んでのご意見
ご感想などをお寄せください。

おたよりの宛て先

〒160-0022
東京都新宿区新宿3-1-13
京王新宿追分ビル5F
株式会社一迅社　ノベル編集部
香月《かづき》 航《わたる》 先生・ねぎしきょうこ 先生